安然與實恩

葉揚

目次

第一章　二〇〇六年　　　　　　004

第二章　二〇〇七年　　　　　　020

第三章　二〇〇八年　　　　　　044

第四章　二〇〇九年　　　　　　060

第五章　二〇一〇年　　　　　　074

第六章　二〇一一年　　　　　　096

第七章　二〇一二年　　　　　　112

第八章　二〇一三年　　　　　　　　130

第九章　二〇一四年　　　　　　　　144

第十章　二〇一五年　　　　　　　　162

第十一章　二〇一六年　　　　　　　180

第十二章　二〇一七年　　　　　　　200

第十三章　二〇一八年　　　　　　　220

第十四章　二〇一九年　　　　　　　236

第十五章　二〇二〇年　　　　　　　256

第十六章　二〇二一年　　　　　　　274

第十七章　二〇二二年　　　　　　　292

第一章　二〇〇六年

如果電視常常開著不關起來，會造成一些麻煩的問題。

比如說，當兩則新聞連在一起播放時，會出現一種逼人做出選擇的感覺。

一段美妙的音樂流瀉而下，正在舉行莫札特兩百五十週年紀念的音樂會特展，三十五年的人生中，他創作了超過六百部作品，大型的音樂廳、樂團、劇院都擺出盛大演出的氣勢，報導表示，莫札特讓人類看見了永恆的美麗。

而另一頭伊拉克的戰爭還在進行中，年底的倒數第二天，在巴格達北部的一個祕密地點，行刑者均包起頭部，過程全被錄影，被處以絞刑的那個人，拒絕戴上頭套行刑，他的名字叫做薩達姆・海珊。

在神童與壞蛋之間，我們游移。

袁實恩生長在一個無人照顧的家庭。

或許是父母開店，或是跟排序有關，他是家裡的第二個孩子，前面有一個哥哥，後面有一個妹妹，從父母的角度看，就是終於蒐集了兒女雙全，大功告成，而他夾在中間，像是三明治裡的一片小生菜，是多出來備用的那個。

從孩提時代開始，袁實恩就是一個好孩子，書讀得好，日常生活習慣也漸漸培養得不錯，所謂在無人照顧的家庭中長大，並不是戲劇裡面那種父母雙亡、孤苦無依、連阿嬤都在床上中風快要病死的那種。只是童年中沒有獲得大人的注意，造出他的心裡有一個空洞，在長大之後如影隨形。這個空洞讓他不知道充足，沒有人特地為他做過什麼事，像是在假日的下午帶他去買正在流行的玩具，或是生日前準備好全新的衣服穿去學校。他的童年，大約就是這樣累積的。

入社會後的袁實恩，會在飯店的房間裡，把免費提供的茶包跟牙刷都收到行李箱去，那是他進房間後的第一件事。其實袁實恩並不特別喜歡茶葉，喝茶讓他睡不好，可是當袁實恩看見放在那裡，只要沒有別人名字的東西，他就會拿走，趁無人注意時塞到口袋或是箱子裡，據為己有，這個慾望在他的腦中揮之不去。

無風而行的少年，有風時就想要吸乾那個風。

袁實恩並不是個貪心的人，這純粹是潛意識中需要牢牢抓住的某個概念，儘管是個不出風頭的人，但他不想要委屈。就像公司規定，讓員工出差時每日可以報銷餐點費一千五百元，無論當天的胃口好不好，袁實恩會盡力吃到那個價錢。甚至有一次，袁實恩腹瀉了一整天，他依舊在當天晚上十二點前，點了客房的餐食，勉強自己去吃。

缺乏照顧的孩子總有一種自立自強的氣息，儘管通過各式各樣的方式偽裝，同一種族類還是嗅得出那個氣味，因為他們活在相同的法則之下：吃得急，算得清楚，因為匱乏而失去優雅，因為卑弱就更加努力自強。他拿著鏟子在一個洞裡填土，因為他是一個沒有被大人特別照顧的孩子，他要自己照顧自己。

當袁實恩看見鄭安然的時候，他立刻就感覺到同一族類的氣息。

當然那時候，袁實恩還不知道鄭安然的名字。那只是某個假日的下午，接近傍晚時分，袁實恩被公司的女同事拖進一間服飾店。她是凱西，說是女同事並不夠精確，由於住在同個社區的緣故，凱西與袁實恩從小就認識，他們一起上學，一起入社會，雖然袁實恩不那麼想，但大學畢業後，凱西已經將自己的身分晉升到女友的程度。

更衣間的走廊，袁實恩坐在一個圓圓的凳子上等著，接著聽到一陣咚咚咚的聲音，鄭安然就從左邊最後一間更衣室，衣衫不整地跳到了他的面前。她套著一件白色的連身裙，左肩還光溜溜地露在外面，直到袁實恩扶住她快失去平衡的身體。

「不好意思。」她說。

袁實恩從那四個字，發現她是外地人，所以他也用生硬的普通話說了：「沒事。」

那時候他們都不知道很多事，包括彼此的共同點，是在同一年出生，又在同一年從研究所畢業，甄選進了同一家公司。

公司迎新會的晚宴，可能是音響聲量設定錯誤或是其他的不明原因，在震耳欲聾的音樂中，袁實恩看見鄭安然步入會場，當其他的女孩都穿著精緻禮服的時候，她穿了那件簡單的白色連身裙，她頂著一頭短髮，臉上的兩道粗眉，帶著一點點男人的氣味。

「你是香港人嗎？」三十分鐘後，鄭安然問他。

「是。妳是臺灣人?」

「你怎麼知道?」

袁實恩笑了,「臺灣人喜歡說不好意思。」

「喔,是嗎?」鄭安然挑起眉毛,「不然你們香港人覺得不好意思的時候說什麼呢?」

「唔好意思。」

「對不起呢?」

「對唔住。」

一陣閒聊後是一陣沉默。兩人坐在吧檯旁,吸著手上的果汁,橙色的液體在吸管繞了三圈,才送進嘴裡。

「假設你有機會成為吸血鬼,」鄭安然再度開口,「只要被咬一口,就能獲得永生的機會,有超能力,也會變得更有魅力。」

第一次見面,他以為她會問他讀哪一所大學,研究所主修哪一門學科,可是

鄭安然手上搖著杯中的柳橙汁，問出一道吸血鬼問題。

「只是，一旦變成吸血鬼，就回不去原來的樣子，如果是這樣，你願意嗎？」

「喔？哞⋯⋯。」袁實恩總是這樣，越想若無其事裝作精明時，竟然發出乳牛的叫聲。

「哞⋯⋯。」鄭安然學他發出的聲音，接著笑出聲來，果汁滴到她的白色裙子，袁實恩說，我替妳拿張紙巾，她說，不用了，我去廁所洗一洗。

鄭安然輕盈地跳下高腳椅，走了幾步，她回頭看向他，學著他的香港口音說：「沒事。」

「唔緊要。」袁實恩說。

✝

鄭安然就是願意變成吸血鬼的人，或者說，變成任何其他的、不是她自己的什麼，都可以。

她出生在一個小康家庭，背負著世俗的期待長大，父母讓她上私立學校，

期許她成就非凡。那些期待她成功的其他人，都是不怎麼成功的其他人。鄭安然不喜歡她的名字，她的一生，都在為安然兩字拚搏，從很小的時候，她便理解一個道理——那些小康家庭，通常稱作小窮家庭，幾乎無一倖免，經常懷抱著窮困心理，容易以為只要有錢，自稱小康家庭的成員，幾乎無一倖免，經常懷抱著窮困心理，容易以為只要有錢，便能解決世上所有的問題。說到底，小康家庭比貧窮的家庭更怕沒錢，因為他們已經有一點錢了，不得不抓得更緊。這也就說明了，鄭安然為何總能夠在細微的事情上，發現父母在乎她的成就與未來，甚至多過於她這個孩子本身。

她並不怨，只是明白這個道理而已。所以鄭安然努力爬著，她憑著薪資數字的大小，選了第一份工作，往上，往上，踩穩這一步，下一步再往上，甚至連夢裡都有那樣的聲音呼叫著。

晚宴後的夜裡，鄭安然把幾件衣服平放在床上，緩緩地檢查細節，接著一件一件放進紙袋裡。那些帶著標籤的衣物，多是白色或米色，其中有一件是白色的連身裙，她穿了一次，準備退回。

經過簡單的局部清洗後，果汁的痕跡已經看不太清楚了，雖然如此，鄭安然還是有點懊惱，她把裙襬拉平放到桌燈下檢查，有些猶豫地看了標籤上的定價，想了一想又把洋裝仔細摺好放回紙袋裡。飛回臺北的班機是隔天清晨，如

果要退貨，得趁著店家打烊前，現在就得出門去。有時候她不明白自己為何持續做著這樣的事，每個月她甚至在行事曆定下一個晚上，在期限前把一些買來的衣物退回各自的店裡，明明她有足夠的錢可以買下這些衣物，也有剪刀能斷然地把標籤剪掉。

小康家庭出生的她，感覺自己配不上這些潔白的高級商品。

✛

迎新會的兩週後，一場企業為新進員工舉辦的共同受訓活動，袁實恩第二次見到鄭安然。

他們坐飛機，分別從香港跟臺北抵達雪梨，跟著團體行動，一起去了動物園，抱了無尾熊。

受訓活動安排得緊湊，從上午八點準時開始，公司願景與守則、行銷個案研討、員工性格分析，一路到下午的團體活動時，眾人已經累得臉色土土的。

土土的臉中有一張是鄭安然的臉，她的瀏海已有好幾根浸溼癱軟在前額上，夕陽中她跟在人群後頭，好像想些什麼似地心不在焉，袁實恩也放慢了腳步。

從迎新會到新人受訓中間的十四天，袁實恩去理髮，特意到百貨公司換了一副新眼鏡（跟上一副比較起來只有些微的不同），他沒有注意到自己心理上細微的改變，他認為是企業帶給他的一種嶄新的氣氛，但當鄭安然抱著無尾熊時，他感覺到了。他們是隊伍中的最後兩個，時間有點趕，旁人提議著：「你們一起照一張相就好了吧？」「象徵臺港密切交流嘛。」

大家都笑了。袁實恩站在鄭安然旁邊時，有一股緊張的幸福感覺，好像他們可以藉著這張合照開啟一個共同的、可以期待的美好未來。離開園區時，大家都沒有買動物園裡提供的合影紀念照片，就他趁人不注意時掏錢買了。

晚上大夥兒說要熱鬧，便一起去了一家華人開的卡拉OK唱歌，鄭安然跟袁實恩打了招呼，便自顧自地走到旁邊接電話，她穿著很相似的另款米白色連身裙，因為天氣冷，外邊又套了一件淺褐色毛衣。

袁實恩被幾個同事灌了酒，迷迷糊糊地，坐在廁所睡著了，同事惡作劇把他衣服脫了，他也渾然不知。

「喂。」

那聲音有點像山洞裡傳出來的。

「喂。喂喂，哞⋯⋯。」

袁實恩意識模糊地睜開眼，看到另一個廁所隔間冒出一顆頭，那顆頭是鄭安然，她站在隔壁的馬桶上，微微笑著，雙手扶著隔板。

「妳怎麼在這裡？」

「你不覺得冷嗎？」

袁實恩好痛苦，第一次見面，他像牛一樣哞哞叫。第二次見面，他幾乎全身赤裸，只有新眼鏡是體面的。在自己有點暗戀的女生面前，他不想老像隻動物一樣啊。

＋

從澳洲回來後，緊接著是重複而忙碌的工作，回到各自的崗位上，袁實恩與鄭安然，他們偶爾會透過網路聊天。

聊的話題從工作相關的瓶身標籤法規，到動物星球頻道的節目都有。

聊的次數從偶爾，變成每天。

鄭安然：賽馬是什麼？怎麼玩？

袁實恩：就是賭馬啊，每注最少十塊港幣，妳可以投注獨贏，或是連贏，很多玩法。

鄭安然：連贏是什麼？

袁實恩：在某一場，選出兩匹馬是前兩名的就可以。

從聊天室，鄭安然丟了一張香港賽馬會的時程表過來。

鄭安然：我已經在研究了。

袁實恩：妳看表上有太陽跟月亮，就可以知道是白天還是晚間的賽事，香港有兩座馬場，沙田跟跑馬地，我們公司離跑馬地很近。

鄭安然：電影裡劉德華都是打電話下注的，你會嗎？

袁實恩：我不太會。

鄭安然：劉德華什麼都會。

袁實恩：好像是這樣沒錯。

鄭安然：下次我去香港，我們就去賽馬場，兩個都去。

袁實恩：好。

香港的夏日炎炎，吃飯時間，同事多留在公司，訂飯盒進來。凱西舉著筷子對著袁實恩說：「你這陣子變了。」

「有嗎？」袁實恩問：「我哪裡變了？」

凱西瞇著眼睛打量他，接著說：「好像是，變得比以前振作了一點，好像成熟了，知道自己要什麼的那種大人……。」

袁實恩回問：「妳是這種知道自己要什麼的大人嗎？」

凱西倒是一臉自信，她戲謔地說：「我從以前就知道啊，我要跟你結婚嘛，然後生兩個孩子，一男一女，這件事啊，全香港大概只剩你還不知道而已。」

✛

為了一次大中華區的廣告影片拍攝，袁實恩與鄭安然在上海的攝影棚碰面。

那天他們看到一顆流星，鄭安然建議，不如來許個願。

這當然不是真正的、難得一見的那種，大自然會出現的美麗流星。他們坐在

廣告拍攝的現場，嚴格說來，是她坐著，他蹲著，布景的燈光還在換角度，每次調整〇‧一公分。正在吹頭髮的藝人兩眼呆滯，嘴角下垂，像一個蒼白的腹語娃娃。

一切看起來並不如鏡頭下那麼美，胖胖的導演拿著一臺電腦走過來，他帶著北方的腔調與混亂的髮髮，說：「背景特效做好了，你們看一下，在夜空中的流星長這樣可以嗎？」

於是袁實恩盤腿坐下來，與原本就坐在地上的鄭安然一起看流星，只需按一下黑色的 refresh 鍵，分秒不差，流星就會在夜空的東邊出現一次（正確來說是螢幕的右上角）。

鄭安然頻頻按著鍵，流星就一次又一次地出現，她歪著頭說：「反正我們有流星了，不如來許個願？」

袁實恩聞到她身上飄散出來的味道，頓時那個願望變得很容易想。

他以另一個問題回覆她的提問：「妳要許什麼願？」

鄭安然倒是坦白：「既然是假流星的話，就許一個小一點的願好了，我希

望，那個男的⋯⋯。」

她指指角落正在用髮蠟抓線條的男藝人，接著閉上眼睛：「我希望他啊，工作認真一點，可以一次OK，這樣我就⋯⋯。」

鄭安然睜開眼，用同一隻手指，指指面前的袁實恩，「這樣我就能跟這個可憐的男人一起下班，順便去外帶晚餐，今天想要吃雞腿飯，上海有沒有令人難忘的雞腿飯？」

袁實恩笑了，他學著鄭安然的動作，指指自己，又指指那個藝人，「以這個男人之前跟那個男人合作的經驗，妳這個願望太大了。」他說。

同時他並不介意等，這句話袁實恩沒有說出口，因為說出來的願望，就不容易實現了。

第二章　二〇〇七年

二〇〇七年第一個月的第九天，蘋果公司發布第一代智慧型電話，取名為 iPhone。4GB 與 8GB 容量版本，售價分別為四九九美元與五九九美元，六月正式販售時便立刻面臨缺貨。同年九月份，iPhone 已賣出一百萬支。

第一代 iPhone 相機鏡頭有二百萬畫素，重量一百三十五克，沒有鍵盤，以多點觸控的螢幕為特性，能支援無線上網，發送電子郵件、行動通話、簡訊，以及瀏覽網路，媒體稱這款智慧型電話為「耶穌的手提電話」（Jesus phone）。

根據友人轉述，賈伯斯曾經拿著第一代的 iPhone 表示：「這玩意兒簡直把我們給搞慘了，這是我們做過最難的東西。」

在大企業工作，儘管員工都經過精挑細選，偶爾還是會有奇怪的事情發生。

最近就有一件事，是鄭安然的老闆傑森，與另一個部門的女主管過從甚密，對方的先生發現後，找了黑道闖進公司，將傑森打得頭破血流。

「是真的一群人拿球棒衝進來猛打的。」透過聊天室，鄭安然跟袁實恩描述，「碰碰碰，連公司大門的玻璃上都有血喔。」

「感覺好痛。」

「這已經是老闆第二次介入別人的婚姻了，小語說，傑森好像對未婚的女性沒有興趣。」

工作時，小語就坐在鄭安然的對面，她比鄭安然早進公司兩年，但頂著一個娃娃臉，陶瓷般的白肌膚，什麼事情都打聽得到。

在工作的空檔，他們有一段沒一段地聊著。

袁實恩：妳說那些衝進來的黑道兄弟打人，是像世界大賽裡，古巴第四棒選手那樣連續揮棒嗎？

鄭安然：很悲慘的，我老闆的頭一直落在好球帶啊⋯⋯。

在電腦前，袁實恩偏著頭，想著戴著頭盔的裁判比出好球的手勢，露出微笑，他在公司網站中一面尋找傑森的資訊，接著開了另一個視窗，看了幾張棒球選手的揮棒照片，停頓了一下，從座位上站起來又坐下，繼續打字。

袁實恩：如果我說，他們兩個的事，我很久以前就已經發現了，妳會怎麼樣？

鄭安然：什麼叫做你已經發現了？

袁實恩：我是在撿筆的時候發現的。上一次他們來香港開會時，在會議室裡，我坐在對面，原子筆掉到地上，我彎腰去撿，就看到妳老闆傑森的手放在女生腿上啊。我看到以後，原子筆又掉了。

鄭安然：你發現了我老闆這麼大的八卦，卻不跟我說嗎？

袁實恩：妳是傑森的小組員，卻什麼都不知道啊？要是換作伊森杭特，第一分鐘就會發現了。

鄭安然：哪來的伊森杭特⋯⋯。

袁實恩：職業特攻隊。

鄭安然：什麼？

袁實恩：Mission Impossible.

鄭安然：喔，臺灣叫做不可能的任務。

袁實恩：差這麼多？那伊森杭特還是伊森杭特嗎？

鄭安然：如果要說伊森杭特，我只有身高跟他是一樣的，哈哈哈。

袁實恩：哈哈哈。

✝

回想起來，鄭安然會說二十五歲的那一年，是最美好的一段時光。

她終於有了一份薪水，一個稱得上算是足以讓爸媽向親戚炫耀的公司名稱，當她在家中，看到在世俗眼光下犧牲大半輩子的父母放下焦慮，肩頭逐漸鬆下來的樣子，心裡也很為他們高興。

加上她的主管因婚外情被黑道攻擊後，住院期間，她被指定暫代傑森的位子。

成長的過程中，鄭安然做過很多工作。

第一份工作是速食店的員工，負責點餐。那年她十五歲，謊報了年紀才拿到

這份工作，那家速食店離一所高職不遠，大概兩三天就會出現一個並不是要吃炸雞薯條的少年，特地排隊來約她去看電影。後來鄭安然找到另一份工作，是在南陽街當改考卷的補習班助教，她負責托福衝刺班，同一時段有三個班級，每班都有一百多人來，把階梯教室擠得滿滿的。BBCCAAD，DDACBBA，她改考卷的速度很快，直到補習班買了機器，她只要負責把填好答案的紙卡放進一臺白色的盒子裡，分數就會自動跑出來。在那同時，她還當一個國小生的保姆，教了三年，鄭安然很喜歡孩子，白天她從速食店下班，放學去接孩子，帶她去打桌球，上連鎖美語班，做簡單的晚餐，檢查功課，還幫她洗頭洗澡，那個小朋友的第一顆門牙，都是鄭安然用線纏住拔下來的，接著入夜，家長回家了，她再趕公車去補習班改考卷、貼榜單。

那些兼職當然比不上現在的安穩工作，鄭安然卻經常想起那段奔波的日子，有時候想到自己那麼努力，會忍不住懷念起來。

「安然，妳到了好的公司，除了忙賺錢，也該找一個值得依靠的男人啊，嗯？有沒有看到不錯的？」母親問，鄭安然在餐桌前，拿著碗呆了一下，母親嘆了一口氣，「時間寶貴，一心多用啊，妳不是最會這招了嗎？」

把彩虹顏色組成的數字蠟燭吹熄後，袁實恩還是那個老樣子。

過度工作是日復一日的常態，能稍微喘口氣的時間，就分給睡覺跟吃飯。

凱西也是，大致上來說，她從小到大都是個開朗的女孩，對於工作也很認真。袁實恩是儲備幹部，大中華區一年選出十到十五個，留下其中的百分之三十，凱西則是在後勤支援單位，行政工作繁雜，備料出貨盤點清倉，經常得跟工廠打電話。儘管他們在企業中工作的部門不同，但袁實恩前途比較光明的這個事實，並沒有影響凱西的心情。

相對的，凱西在很多地方，更像一個主管，除了工作以外，袁實恩大多依凱西的指令過日子，比如說，最近她特別重視規律運動和健康飲食。

「要是跟著你過不上好日子，我還需要保持火辣身材來釣金龜婿。」凱西是這樣說的。

凱西提議要開始好好運動，袁實恩沒什麼問題，他規定自己每天睡前都做伏地挺身，早晨再去跑步半小時。但凱西看不過眼他的飲食習慣，每次凱西來到他的小套房，便像一個偵察員，把他的冰箱翻來覆去，翻完冰箱後是衣櫥，視她的體力而定。「吃那些東西不好」、「你的衣服要燙」，這兩句話已經變成她的口頭禪。

凱西說道：「你喝太多飲料，吃那麼多糖，會變笨。」

「我會改的，慢慢一天改一點。」

有一次，凱西把他放在冰箱裡的可可亞丟了。

袁實恩很不愉快。

那是留給她的。

她喜歡喝可可亞。

╋

那一天晚上很熱，鄭安然出差到香港，部門有大老闆來，所以她在晚餐後，陪一群老闆和主管喝酒。

袁實恩留在公司加班，新產品要上市前，出貨程序一團亂，他戴著厚重眼鏡，吞了四顆止痛藥，每個瓶身的背標，價格條碼都對不起來，夜深了，他的電話鈴鈴鈴地大聲響起來。

電話說不到一半，袁實恩便開始奔跑，在大街上，他一面解開襯衫最上方的

扣子，一面跑。

到了飯店，鄭安然獨自坐在大廳的沙發，她哭過，看起來疲憊。像是一片捲曲的葉子跌落在泥沼。

袁實恩坐下，看見鄭安然兩手泛紅的指關節。

她的第一句話是：「你不要問。」

但他還是問了：「他對妳做了什麼？」

她沒說話。

袁實恩說：「我們可以報警的。」

她抬起頭：「……然後呢？報完警我明天還去不去公司上班？」

他壓住怒氣，站起來走向櫃檯。

從大廳走向櫃檯需要三秒鐘，袁實恩迅速切換成一張抱歉的笑臉，把自己的名片拿出來，給櫃檯看。

袁實恩禮貌說道：「不好意思啊，我居然忘了房卡，我的行李放在一個同事的房間，他肯定是喝得很醉，叫也叫不醒，現在怎麼辦才好？」

櫃檯人員說必須報出房客的姓名跟生日，他報了，拿了一張新房卡。

鄭安然很訝異：「你怎麼知道大衛的生日？」

他冷冷回覆：「我負責十一月員工慶生的活動。」

他按了電梯，折了折手指。

她抓著他，說：「你做什麼，你不要衝動。」

「我不衝動。」他說，「衝動的是他。」

他們坐了電梯，袁實恩把袖子挽起來，用門卡打開轉角第一間的客房，走了進去。

那個叫做大衛的男人，仰躺在床上，旁邊有打破的檯燈，碎了一半的杯子。

「混蛋。」他用粵語說，踢了對方兩腳，對方沒醒，袁實恩鞋子掉了一隻，他吸了一口氣又握起拳頭打了對方幾下，模樣好笑，沉睡的男人只是暗暗哼了幾聲。

她抱著雙臂，像個賽事的評論員在旁邊說：「大衛肯定喝得很醉，你肯定以前沒打過人。」

剛才哭過的鄭安然，現在彷彿事不關己。

氣不過，袁實恩拿起大衛的手機，脫了男人的衣服，拍了幾張難看照片，接著又用對方的手機，上傳到網路上，配文標註著「Fuuuuuck me」。

鄭安然笑了。

那疲憊受傷的表情只加了一點點笑容，就有一些美的成分。

「接著，我們要來喝老闆的飲料。」鄭安然好像突然想起什麼，她從迷你吧檯，拿出一堆瓶瓶罐罐，拉著袁實恩，開了門。

「等等，我們走樓梯。」他說。

「你怕嗎？」她問，「怕電梯有監視器？」

袁實恩沒說話。

鄭安然又道：「就算走樓梯也會被監視器發現的。」她搖了搖手上的房卡，

笑得神祕，「不然今晚去我房間吧。」

他問：「怎麼去？到處都有監視器。」

她把老闆房間陽臺的門打開，風呼呼地吹進來。

「我就住隔壁的隔壁，我覺得應該爬得過去。」

他不可置信地看著她。

她說：「快點，換作是伊森杭特，現在人已經進去房間開可樂了。」

✛

他們盤著腿，像兩個孩子坐在房間裡扮家家酒。

她把偷來的飲料從衣服裡拿出來，列成一排放好在地毯上，思考了一會兒，打開一瓶可可亞。

袁實恩看著鄭安然，突然說：「妳知道月球不管怎麼轉，都是用同一面朝向地球的嗎？」

「是這樣嗎？」

袁實恩點點頭，接著說：「每次滿月，妳見到月球中央部分，長得都很像對不對？因為我們從這裡抬頭看，是看不到月球的背面的。」

鄭安然露出好奇的眼光：「為什麼呢？」

袁實恩舉起左手與右手，模擬著兩顆星球：「月球繞地球公轉一圈，自己也自轉一圈，加上引力的關係……月球就像是被地球鎖住一樣，只能展現固定的一面。」

「好神祕啊。」

袁實恩說：「說不定月球只是想把比較好看的這一面送給地球。」

「人好像也是這樣對嗎？」鄭安然回。

「什麼？」

鄭安然道：「你只能看到我的這一面，我也只能看到你的這一面。」

袁實恩低下頭，淡淡地說：「就是因為兩者有引力的關係。」

他看著她手腕的傷痕，她感覺到了他的目光，就把袖子往下拉了拉。

鄭安然突然說：「我想要是大衛去調監視器影像，還是會發現闖進房間的是我們。」

「我賭他不敢調。」袁實恩篤定道。

「因為地球鎖定了月球嗎？」鄭安然說。

袁實恩小心地使用字眼：「大衛……他是碰妳嗎？還是，還有別的？」

「只有這個牌子最好喝。每次來香港，我都買來喝。」

鄭安然改變了話題，她舉著那一瓶可可亞，看著前方，強硬地，困住眼眶裡的淚。

鄭安然接著說：「喝這種飲料你要用一口吞的，咕嚕咕嚕不要停，真的，這樣喝超好喝。」

╬

關於飯店，鄭安然的故事有很多。

像是第一次出差，住五星級飯店，她在房裡拍了五十多張照；也像是第一次看見房務人員推了枕頭車過來，她一口氣挑了四個。

袁實恩衝進飯店的時候，很像一隻突然醒來發現自己賽跑落後的兔子，急巴巴的，東張西望，找不到烏龜到哪裡去了。

她坐在飯店的高級設計沙發上，不知道該不該開口叫他，夏天的五星級飯店大廳依舊很冷。他戴著一副黑框的大眼鏡，頭髮散亂，翹了一束起來，像根天線。她很喜歡他穿著皺巴巴的襯衫，戴著眼鏡的樣子，證明著他剛剛正在辛勤工作，或許一邊吃著泡麵，一邊檢查著報表，是個很正直的形象。

其實也是她的問題，老闆喝醉了，大部分人也醉了，她沒喝酒，於是自己提議，送大衛回房間。

後來的事拉拉扯扯的，也就不說了。

她逃了出來，在街上，沿著飯店的圍牆四周走，想著孩提時代的事情。

對她來說，童年是很長的一段篇幅。

在外商公司工作，沒有人會去提童年的事情，大家的成長過程都是同一個模

板，小康家庭，父母相愛，學業進步。所以她也不去著墨自己的過去，儘管還是從細節中，能看出一些端倪──身為家中的第一個孩子，她總覺得要為所有人負責，漸漸地，她遇事不太反抗，她總是選擇承受，那些都是童年教會她的，她很會逃，知道怎麼半推半就，笑嘻嘻地溜走，留給大人面子。你要犧牲一點，才能換得一些，後退兩步，前進一步，抓好節奏，可怕的事情就不會變得太糟，那是一種常練習就能上手的技能，她很擅長。

一個小時後，鄭安然走回飯店，她不知道自己為什麼決定要打電話給他。並不只是害怕，她有一種慾望，想要見到袁實恩，如果要被一個人同情，她想要被他可憐。

有時候妳需要這樣的人，妳需要有一個單純在過著自己人生的男人。

跟大部分男人一樣，袁實恩的第一個情緒是憤怒。他想了個辦法跟櫃檯要房卡，進了大衛的房間，發洩似地踢了對方幾下，對方像隻擱淺的鯨魚，肥肥的，沒有反應。她沒有想到他會拿起大衛的手機拍照，又傳到網路上。她以為他一向是謹慎守己的人，原來他也會做出不顧後果的事情。

她邀請他進房，他也就那樣跟著進來了。

「我去換件衣服。」她說。

她刻意把浴室的門開著，便脫了上衣，只剩胸罩，而他像個雕像一般坐在單人椅上，愣愣地想著事情，動也不動。

接著她走出浴室，跟他坐在飯店的地板上喝著迷你吧檯偷來的飲料。

她說：「我覺得，我們會被發現。」

他倒是一副瀟灑的神態，又開了一瓶飲料。

喝了好大一口，他回：「算了，反正那個新品上市的活動我也做得很差，再跟老闆吵一架，剛好可以換工作吧。」

「你的履歷表上可以寫，挺身而出踢主管。」

袁實恩抓抓頭說：「而且身手矯健，能文能武能爬陽臺。」

飲料喝了幾瓶，他說他該回去了。她衣衫不整地好一陣子，他無動於衷，看來也只能放他走。

他們之間，到底誰是烏龜，誰是兔子？或許兔子不是烏龜想的那樣。

她站在陽臺上獨自看著他離開飯店，小小的一個點，穿著白色的襯衫，後面跟著黑黑的一團影子。

鄭安然又獨自爬過陽臺，回到大衛的房間。

在黑暗中，她聽見鼾聲，她悄悄地把檯燈扶好，拿起丟在一旁的手機，把剛剛上傳的照片刪了。

不舒服的感覺刷得淡淡的，鄭安然甚至有點想笑，她坐在飯店陽臺的躺椅上，看著天空漸漸亮起來。

其實電話裡，她聽見他說，我馬上過來。那句話就夠了。

✝

袁實恩站在冰箱前面許久，他用低沉的語氣問凱西，為什麼不問過他，就把那些可可亞丟掉的事情。

凱西一臉冤枉，她說：「那幾瓶過期了吧？」

袁實恩回：「沒過期，我之前才買的。」

凱西接著說：「唉呦，可可亞不健康啊，說真的你也沒喜歡喝過，你買那麼一堆是怎麼了？」

「我不喝，別人也可以喝。」

「是誰想喝？」

袁實恩不說話。

凱西又問了一次：「你是怎麼了？」

袁實恩淡淡回道：「沒什麼。」

袁實恩坐在電腦前工作，不再說話，聊天室有新訊息通知，凱西抓了滑鼠要點開看，被袁實恩搶了回來。一陣不算很短的沉默。

凱西突然理解了什麼，她安靜了一陣子，去後陽臺替袁實恩晒了幾件衣服，接著出門去便利商店，買了一袋可可亞回來。

臨走前凱西對袁實恩說：「那麼，我們分手吧。」

嚴格說起來，袁實恩經歷的並不是分手，他感覺不到後悔或痛苦，只是有種

遺憾。

當凱西離開時，回頭看了他一眼，才把門帶上，那種失落卻無話可說的樣子，令袁實恩覺得很難受，他們從小一起長大，他不討厭凱西，甚至是某種程度地喜歡跟她在一起，他只是不愛她，對於凱西的個性、細節，或是兩人即將面臨的未來，無法湧現自發的興趣，從一開始就是這樣，袁實恩對此感到很自責。

　　　　　　　　✝

入冬時分，大中華區的年度大會，今年在上海舉辦。

拿著酒杯的阿虎跟袁實恩在宴會中認識，他們在不同市場中負責同一個品牌，此時阿虎正笑嘻嘻地看著一個方向，笑中有深意。

「看什麼呢？」袁實恩問。

阿虎回道：「看那裡的兩個女的，賞心悅目。」

阿虎指的其中一位是他不關心的女孩，另一個是鄭安然。

阿虎又說了：「那裡啊，西南方，有很多荷爾蒙，跟燒水啵啵啵滾了在冒煙

一樣，你感覺到沒有？大家都說臺灣女孩子嗲，笑起來甜，果然眼見為憑啊。」

袁實恩指指鄭安然，他裝作漫不經心地探問：「我聽說左邊那個女的，跟旁邊的老闆有一些傳聞？」

「你說短頭髮的那個？叫做張安然還是莊安然的樣子？我記得Email裡，她的姓是Ch開頭的⋯⋯。」

袁實恩作勢想了一想：「她好像姓鄭吧？」

阿虎接著說：「不過啊，那老闆就算口水流滿地，也碰不了那個安然一根手指⋯⋯哎，我聽說啊，安然不是他這種角色能搞定的。」

袁實恩安心下來，覺得天都晴了。

阿虎繼續說：「你知道為什麼嗎？」

阿虎指了指對角的另一個外國經理人，大中華區的業務總經理，三個月前剛剛上任。

「因為安然是他的。」阿虎露出消息靈通的表情。

袁實恩急了，他問：「什麼叫做安然是他的……。」

阿虎沒有直接回答問題，反而看著袁實恩，寓意深長地表示：「像我們這種儲備的菜鳥幹部，做人必須早睡早起，腳踏實地。」阿虎拍拍袁實恩的肩膀，笑得很愉快，「袁實恩，我建議你還是早點醒一醒吧……。」

阿虎說完又捏了袁實恩的臉頰：「您的健康人生，是我的第一要務，阿虎關心您。」

＋

高潮的感覺是一波接著一波的，直到六、七次以後，那個從大腿根部的痠軟才慢慢緩下來。

是夢。

鄭安然醒過來。中式飯店房間裡有一幅畫，裡面有一個藍色皮膚的裸女望著她。

深夜了，小語還沒有回來。在機場時小語就發下豪語，如果在這種年度業務大會裡，晚上還回到原來的房間睡覺，就是失敗者。

鄭安然的眼皮很重，回想那個夢，有晃動的乳房，害羞的呻吟，很矯情。

她聽到浴室有水聲，那是誰？是小語嗎？還是她仍然困在夢裡頭？

不重要，反正是夢。

她翻了一個身，再度閉上眼睛。

如果回想起來，她會說二十五歲的那一年，是最美好的時光。

在那一年，她有了第一筆積蓄，還有個香港男生，為她受的委屈，出手打了人。

她不要計較夢的事情。

第三章　二〇〇八年

根據國際消息記載，聯合國決議將二〇〇八年，定義為國際馬鈴薯年（International Year of the Potato），這個主題是在食物與農業組織會議中，由祕魯所提議——他們認為，馬鈴薯能解決世界貧窮問題，能以更少的耕地，更迅速生產出營養的農作物，並且聲稱，相較於其他重要農作物，馬鈴薯能抵抗更嚴峻的氣候，開發中國家應該重視馬鈴薯種植的重要性，幫助人類免於糧食危機。

同一年，全球發生了金融海嘯。全球一體化的系統，創造出緊緊相依的脆弱經濟體，無法受控的美國次級房貸風暴，信用衍生性商品疊床架屋，引爆了世界的經濟大衰退，儘管多國中央銀行想方設法，多次向金融市場注入巨額資金，也無法阻止這場金融危機的烈火，熊熊蔓延。

電視上的學者說道：「當我看著這場危機，就如同一個人坐在一桶炸藥之上，一個最小的打嗝也必須去避免。」

或許加強栽種馬鈴薯能讓人類免於餓肚子，但人類總會想出其他方法，讓自己感到痛苦。

是一場颱風，把他們吹得更近的。

香港掛上八號風球前，搭乘七三七機型的航班，鄭安然降落在赤鱲角機場，鄭安然降落在赤鱲角機場的第一件事，要去買衣服。

袁實恩在機場快線的香港站等鄭安然，他原本打算去機場接她，但她說機場快線到市區的票已經買好，不用麻煩。他陪她去附近的商場，她挑了幾件襯衫跟褲子，隨手拿起三件組的內褲時，鄭安然有點不好意思。

排隊結帳時，她提起了公司最近正在甄選的、在香港的工作機會。

「那個位子不好吧。」袁實恩說。他不知道自己為何如此脫口而出，或許是幾次的共事，那位子的上司為人不大公正，加上他曾聽說過那個男人跟經銷商有不正常的金錢往來關係，他下意識想保護鄭安然，畢竟一個連粵語都不會說的臺灣女生，在香港跟狡猾的商家打交道，加上高深莫測的老闆，會有些為難。

既然袁實恩這樣說了，關於這個話題，鄭安然就不再多說什麼。她打開皮包才想起自己連港幣都沒換，眼睛直直地看著好幾張新臺幣疊在一起，一時愣住了，袁實恩立刻拿出皮夾要付錢，但鄭安然回過神說：「不麻煩你，我有信用

卡。」

購物行程結束，他們安靜地走出商場，袁實恩提議，不如我們去吃魚蛋吧。

他一本正經地接著說：「剛剛想買內褲給妳沒成功，改買魚蛋好了。」

✛

在小吃店裡，袁實恩的小妹打電話來，說母親跌了一跤，鄭安然雖聽不清楚，卻看出袁實恩的表情有點凝重，用極快的速度，她吞了幾顆包肉的魚丸，接著便拿起包包說：「我們趕緊走吧。」

袁實恩的母親是第一次看到兒子帶著女孩回家，發紅腫脹的腳立刻好了許多，她聽說從臺灣來的鄭安然掉了行李，歪歪扭扭地走進房裡忙了一陣，拿了幾件衣服出來，說要給鄭安然套上。

好過時啊。袁實恩覺得尷尬，鄭安然倒是無所謂，她走進房間，穿上當年母親的衣物。母親用粵語說：「她的身材跟我當年一樣苗條，不像你妹妹，都塞不進這些好料子。」袁實恩不知要說什麼，母親又換成彆扭的普通話對鄭安然說：「你的臉比我更小更漂亮。」

穿著旗袍的鄭安然有點不自在，袁實恩的母親又一頭熱地拐著腳回房找衣服去了。

「不好意思啊。」袁實恩說。

「你看，你學會說不好意思了。」

鄭安然踮著腳走到電視前，又繞了一圈走回袁實恩面前，她對著他笑。

「怎麼？沒看過香港小姐嗎？」她說。

袁實恩趕緊站起來，雙手捧著一個隱形的后冠，為她戴上。

✝

袁實恩讓鄭安然想起一個人。

還是小學生的時候，鄭安然有個要好的女同學，叫做陳佩君。她們同班了四年，在學校一起讀書，回家時，陳佩君會去鄭安然家寫功課。陳佩君的樣子乖巧，留著一頭齊耳的學生頭，話不多，令鄭安然的父母很放心，經常就留著她們兩個女孩在家裡，度過一整個下午。

鄭安然喜歡陳佩君，是因為她總是聽鄭安然的，鄭安然說要玩這個遊戲，她就跟著玩，鄭安然說要躺著聽廣播，陳佩君很少說不，從不特別要求什麼，這令鄭安然感到放鬆，鄭安然需要支配他人。

有一次，陳佩君帶著小一歲的妹妹，一起來了鄭安然的家。一開始，三個女孩拿著洋娃娃玩得很開心，但佩君的妹妹個性比較強勢，提議要拿彩色筆替娃娃畫眼影，鄭安然不高興，把娃娃搶了過來放進衣櫥中，佩君妹妹失控動手打了鄭安然，鄭安然一氣之下，就把佩君妹妹書包裡的作業本，拿出來撕破。

一陣爭吵中，陳佩君拉著妹妹說要回家了，鄭安然說好，卻在陳佩君走出門的那一刻，一把抓住佩君妹妹，把門關上，將姊妹倆隔在門外與門內，當事情不如她意時，她知道怎麼欺負人。門外的陳佩君嚇得哭了，求鄭安然放她妹妹出來，妹妹也在門裡哭，鄭安然拖了三十分鐘，才把門打開。

事隔多年，鄭安然每每想起這件事，經常覺得後悔，她老是這樣，想要測試對方的底線，看清楚那條線的位置後，才能敞開信任的門。那件事之後，鄭安然對陳佩君比以往更加好，再也沒有傷害過她，而陳佩君還是與她當朋友，變得比以往更順從了，只是不再帶著妹妹一起出現。她眼神總是巴巴地看著鄭安然，對她言聽計從，她們的友誼，一直持續到上高中之前，都非常深厚。

說不上來原因，鄭安然看著袁實恩，就好像看到陳佩君，因此她得不時提醒自己，不要因為他對自己好，就去考驗這個人。

✣

電視上的氣象播報員說，颱風減低了速度與強度，在海上原地打轉，動向不明。袁實恩將母親的腳貼上三個藥布，鄭安然又試穿了幾件經典服飾後，他們離開了公寓。

半路上，兩人在社區內碰上了凱西。

凱西手上拿著購物袋，裝著滿滿的雜貨用品。「聽說颱風改向啦？」她看向袁實恩，擦了擦額頭的汗，露出無奈的表情，「唉，怎麼跟男人變心一樣快？我防颱的東西都買好了。」

袁實恩抿著嘴，想了一想問：「要幫妳提回去嗎？」

凱西搖了手，便說：「不用麻煩，你們要去哪呢？」

鄭安然帶著無害的笑容回覆：「既然風雨不大，打算隨便走走，欸，妳要不要一起來？」

袁實恩也說：「我租了車，一起逛逛吧？」

凱西再度搖了一次手，她發現自己站在鄭安然面前，穿著條紋上衣與鬆垮運動褲，彷彿以卵擊石，一切毫無勝算，不上妝的時候，她甚至連眉毛都沒有。凱西用不流利的普通話說了：「唉，我跟香港之間已經太熟了啊，香港每天穿的內褲什麼顏色我都知道，你們兩個開心點去玩吧。」接著又對著袁實恩改成粵語：「好好待客，我走了。」

袁實恩逗她，也用粵語問：「那香港的內褲有天天洗嗎？」

凱西翻了白眼。

等到袁實恩跟鄭安然走遠了，凱西的背才頓時駝下。她放下購物袋，一個南瓜濃湯的罐頭滾了出來，後面跟著一包五顆裝的，蒼白的馬鈴薯。凱西若有所思地盯著前方的紅色雕花鐵門，上半部全鏽了。其實，她並不在意他們今晚要去哪裡，她在意更多的是，不過三十秒前，他們兩人是穿過那扇紅門，從袁實恩的老家走出來。

小時候為了叫貪睡的袁實恩起床，那扇紅門她不知道拍打過多少回。

✝

在海邊的大道上散步時，袁實恩提起自己被告的事。

「你被告了？」

「是啊，狀書上是寫了我的名字。」

整件事的起因，是袁實恩負責的品牌，某次提供的贈品設計不良，有一臺小型吹風機，在數千臺之中於一個消費者的手中爆炸，火光燒掉了一間浴室，民眾憤而提告。

「誰想得到做個行銷工作也會被告上法庭？」袁實恩說。

「誰想得到小小的吹風機居然可以燒掉一間房？」鄭安然說，她歪著頭問：

「那你現在怎麼辦？」

「公司有相關的律師在幫忙處理，不過為了表示誠意，我必須在每次和解會議中都列席。」袁實恩露出很抱歉的苦瓜臉，「每次跟對方開會，我就要保持這個表情兩小時。」

她笑他，「就是你這個縱火犯，沒良心！燒我全家！」鄭安然模仿著正在吹頭髮的消費者，突然間碰碰地發出爆炸聲，「救命啊，救命……我只是想要吹乾頭髮去睡覺。啊，啊，我的頭髮！啊，我的家！」

在海風吹拂下，袁實恩皺著眉頭看著鄭安然誇張的演出，鄭安然像隻猴子跳來跳去，令他很想笑，可是仔細想想，真的是很淒慘的事，那笑意傳到嘴角時，想起後天他又要列席了，心情上突然失去了笑的動力。

✛

每週，負責行銷工作的袁實恩，就得與業務阿丹去巡店。

阿丹負責香港藥妝店的店家，萬寧與屈臣氏。與其他通路，像是超市或是大賣場不同，藥妝店講求的是「行銷想法」，阿丹說，一個東西能不能賣出去，他們更重視直覺，你算了半天優惠方案跟價格，都很難打動他們，他們全都要最創新的企劃。

阿丹指著幾個前排的櫃位，「這就是我們天天都在打的仗，這裡，這裡，還有那裡，你可愛靈巧的洗髮精小瓶子，沒放到這些位子，每個月就是落後業績目標百分之二十，找十個孟姜女來哭死都沒有用。」

袁實恩點點頭，那些櫃位塞滿了五顏六色的產品，上面還貼著金色銀色的貼紙，在燈光下閃閃發亮。

阿丹繼續說著話：「我不知道為什麼，這件事我要對著行銷部的同事，說了一遍又一遍，我告訴你，每個人都只有一個頭，懂嗎？一顆腦袋瓜黏著一坨毛毛的頭髮，香港七百萬人就是只能有七百萬顆頭，一個頭最多每天洗一次頭髮，一次5㏄，洗了別人家的洗髮精，就沒有你的事，行銷部永遠搞不清楚，以為洗髮精可以洗了又洗，好像這七百萬顆頭，除了把自己弄乾淨，沒有別的事情可以做……」

一個帥氣的男人穿著西裝，提著箱子經過他們走了過去，阿丹頓時臉色變了，「欸，就是他，我們的最大敵人，他連臭得跟死老鼠一樣的中藥系列髮品都能賣，說什麼人參可以止頭皮癢，首烏可以治分岔……什麼人參？就是一個長得夠帥的畜牲，爬到採購的床上去，結果採購睡醒連數學都不會算了，以為香港的狗也要洗人參口味的洗髮精……」

袁實恩瞇著眼睛看著對方，帥哥業務跟店家人員有說有笑地聊著天，他拿出了幾張海報，店家人員就雙手接過。

「唉，我是沒指望了。」阿丹用食指指著袁實恩，他問：「但看你還算秀色可餐，什麼時候可以像他一樣，讓狗啊貓啊倉鼠啊，也加入洗髮市場？」

✛

說到狗，袁實恩正過著如流浪狗一般困頓的日子。

倒不是因為自己完全沒錢，錢他是有的，甚至是有生以來最多儲蓄的時候，但袁實恩想要試試看過這樣的生活，他想知道自己的最低限度在哪裡，因此設計了一套測試辦法。

這段時間，袁實恩設定好一週花費的目標，把錢放在門邊的小櫃子上，通常到那週的最後一天，幾乎都只剩下幾個銅板，他還會用手指去挖沙發的縫，或是走路時低頭看著路邊的角落，看看能不能湊出一碗方便麵。

袁實恩在兩個月裡瘦了十一公斤，他本來就不胖，後來鏡子裡映出的自己，臉頰都凹了，嘴唇也乾裂，他才決定結束這個測試。不是為了省錢，也不是為了減肥，只是想確認自己就算一無所有也能活。他勉強自己去達到目標的時候會感到驕傲，這是他個性中的一部分，無論那個目標是不是很無聊。

當阿丹說起藥妝店的困境時，袁實恩也設定了一個目標——要在兩季內翻轉市占率。

袁實恩聽說採購大中華區的電話會議上，袁實恩提出新一季的代言人的想法，「不如我們換成孫宇成？」

某次大中華區的電話會議上，袁實恩提出新一季的代言人的想法，「不如我們換成孫宇成？」

「孫宇成？」負責市場調查的同事不以為然，「我看不出他跟品牌的關聯性，論紅的程度，才剛出道不久，也不是多厲害的藝人。」

「他的經紀人腦子壞了，心高氣傲，以為自己家的那位孫先生是一線男星，開出來的代言費很可笑。」公關不是很愉快地搖著頭，「只剩下他跟孫悟空可以選了嗎？」

「也不過就是幾場活動出席，跟一支促銷的廣告拍攝，我是覺得可以試試。」袁實恩說。

「我是不懂演藝圈子的運作，不過最近經濟不好，上半年交出來的銷售數字不行，連帶就影響接下來的行銷費用，你們選藝人時，還是要考慮多一點，不要

亂花錢吧。」財務同仁表示。

另一位已經私下跟袁實恩達成共識的業務同事，趕緊出來緩頰：「孫宇成不錯啊，不少年輕人，像是我妹妹都很喜歡他，我看新聞報導說，他個性很好，為人很孝順……。」

又有人開口了：「這年頭孝順也能當一件事拿出來講嗎？搞什麼？我也很愛我媽啊。」

會議室裡笑成一團，袁實恩一臉僵硬。

「今年下半年，我們要找臺灣香港都知名的明星，一支廣告當作兩支來用，以便節省製作費用，這位藝人是香港人，跨市場的知名度可能有點問題，這樣做臺灣市場會不會有意見？」主管對著電話詢問。

「我們討論過了，臺灣這邊可以接受。」

電話裡傳來肯定的口氣，相隔七百二十八公里，那個聲音是鄭安然。

「那好吧，我沒有什麼意見，試試新的人也不是不行。」主管大手拍了一下桌面。

透過電話，另一位臺灣同事接著開玩笑：「我們都相信來自香港的孫宇成是聰明、帥氣、迷人的，臺灣同胞也會買單，為什麼呢？因為我們這裡有人相信提議的男子也是非常聰明、帥氣、迷人……」

「喂，」鄭安然說：「講這個做什麼啦。」

臺灣那頭按了靜音，笑鬧的聲音戛然而止，袁實恩的耳朵頓時紅了，會議室裡大家都憋著笑，坐在隔壁的財務同事，還誇張地用兩隻手指按著袁實恩的脖子動脈，看著手錶替他數脈搏。

第四章

二〇〇九年

H1N1 病毒，由一個墨西哥的五歲小男孩開始，引發了一場全球性流感大流行。

這波流行感冒，隨著二〇〇九年春天，散播至全球二百一十四個國家，估計七億到十四億人感染，由於缺乏精準數據調查的關係，死亡人數的估計值，從十五萬人到五十七萬人都有。

專家學者說，這個流感病毒是全新品種，又稱作豬流感，豬隻為主要病毒宿主，後轉為人傳人，人類不具備先天性免疫力，也由於新變種的不可預測性，導致各項評估皆難以進行。

當人傳人開始時，一切都會變得複雜起來，這個道理並不限於病毒。

臺北的辦公室來了一個香港同事阿華，他跟小語坐在一起吃餐盒，兩人小聲談話時，眼底都是笑意。

「怎麼了？你們在笑什麼？」鄭安然問，她雙手抱著五個檔案夾，還有六瓶洗髮精。

小語將她滿手的產品卸下來，一瓶一瓶放在桌上，她笑嘻嘻地問：「妳知道香港那個負責髮品的袁實恩，被法院告了嗎？」

「好像有聽說，但不太曉得發生什麼事⋯⋯。」

阿華帶著濃重的香港腔調，比手畫腳地形容起來，「這事情很玄，有個吹風機贈品，當時是袁實恩負責的，消費者聲稱拿回家吹到一半就爆炸，家裡被燒出一個洞，可是公司要求他出示燒毀的吹風機當證物，他拿不出來，但一家人都堅持提告，那老婆也說有親眼看到吹風機爆炸，說什麼兩個小孩眉毛都燒了一半，一定要賠三百萬港幣，但搞半天問他們從哪裡買的洗髮精跟贈品，說得不清不楚，說發票收據都被火燒掉了，警察跟消防人員去現場，也找不到那臺吹風機啊⋯⋯。」

「那這樣公司還要賠償嗎？」

「公司不負責的話，他們說要鬧上新聞……。」

小語搖著頭說：「袁實恩太倒楣了，上次我看到他，他就是一個倒楣臉。」

「好人也是有時運不濟的時候吧。」阿華說：「一來一回開了不知道多少次協調會，我們這邊的律師提出贈品的安全檢驗證明，那老婆在對面就拿出全家在醫院拍的燒傷照片，好慘，一家人的臉跟手都是黑色的……最後法官啊，沒有別的辦法，只好集中庫藏的贈品吹風機，然後在協調庭上一次打開，全部的人就安靜地看吹風機吹了一個小時，等著看會不會爆炸，好荒謬，那個熱風把整個法庭都快烘乾了……。」

小語笑了起來，「審判庭上的法官變成這樣嗎？」她把頭伸到座位旁邊的電扇，風吹得她一頭亂髮。

阿華笑得不行，他一邊笑，又一邊露出同情的臉，「唉呦，妳們真的應該看看，當時袁實恩穿著全套西裝，跟一百支吹風機站在那裡的表情……。」

✛

早上醒來時，袁實恩感到不尋常的肌肉疼痛、喉嚨發癢和鼻塞，他的嘴裡，

有蠟筆的味道。

再過兩個小時，一封信件就會發出來給大中華區行銷部門的所有員工，公布他即將接任新職位的消息。他自己都不喜歡那個消息，更不要說是鄭安然的感受，她曾說過要申請那個職位，而當時袁實恩表示反對。

「贈品爆炸事件的調解會議裁定後，你還是換個位子做吧，免得外面的人多話。」會議室裡，袁實恩的上司是這麼提議的：「這個安排對公司好，對你也好。」

他無言以對，只能同意這個建議，只不過是一臺吹風機，把他的職涯計畫吹得歪歪斜斜。

袁實恩起身，打了兩個噴嚏，走進浴室刷牙，他刷不掉口中蠟筆的味道，那味道甚至逐漸轉變成一種馬克筆的嗆辣，鬧鐘響起來，令他覺得很煩。

八點半，一封接著一封的信件，同樣的句型，奔湧而來。

「Wonderful news for the day!」
「Huge congratulations!」
「Amazing! What a great new journey!」

第一個打電話來的，是凱西。

「真是深藏不露喔，袁先生，原來暗中運作的事情你也會做，恭喜你啦……」

袁實恩嘆了一口氣，接著凱西又接著講了一些別的話，她說，還有其他的人事異動要接著發布，「所以不只是袁先生換職位，下一季開始，青梅竹馬的凱西小姐也要跟你改分發到同一組，最佳拍檔雙宿雙飛啦，驚不驚喜……」

唉。袁實恩在心裡嘆了第二口氣，真是一件事連著另一件事，鄭安然的臉又浮現在他眼前。

掛上電話後，才中午十一點，袁實恩打開電子信箱，不死心地想翻找是否有來自鄭安然的恭喜信件，結果不如所願，他向阿姨要了一個飯盒，阿姨問：「這麼早吃啊？今天是雞腿飯盒喔，看新聞說，豬有病啊，最近還是少吃豬肉。」

袁實恩對她禮貌地笑了一下，便提著飯盒，低頭按下電梯，安靜地走出了公司，他不是飢餓的人，但一時之間，很難對任何人說明。

週一的上午十一點，當鄭安然發現袁實恩即將上任新職位的消息時，她正準備帶一個孩子，去上一堂音樂體驗課程。

那天她向公司請了上午的假，「想要做些別的事，順便放鬆一下。」鄭安然跟同事說。

那小女孩是她的鄰居，今年才六歲，念大班。

「我沒辦法控制我自己。越來越多的時候，我失去了活著的感覺。我會突然問自己，這是哪裡？我在這裡做什麼？我不願意在這裡……我是不能當母親的，我沒有真實生活的感受，那感覺越來越奇怪。」

是一次電梯裡的談話，不相熟的女孩母親突然說起話來。

「我最近想過很多很壞的事，像是趁先生回來的那一刻，帶著孩子坐在窗邊，雙腳懸空，朝著他的方向招手。我想嚇他，我想嚇這個世界，在我離開之前。我想過把孩子推出窗外，這不難，先騙她坐上窗沿，再溫柔地把她從背面推下去，像推她坐鞦韆那樣……我到底是怎樣的母親，大多數時候，我怎能稱自己

是母親……。」

鄭安然是這對母女對門的鄰居，女孩的母親病了，平時是帶著禮貌笑容的女人，現在光是笑容都得靠吃藥控制，每次吃藥後，那母親就什麼話都會講，在門口講，在電梯裡講，甚至當著孩子的面，一五一十地把想法說出來。

孩子不過六歲，有一搭沒一搭地在公立小學的附屬幼兒園上學，卻常常看見她坐在樓梯間等待。聽說有熱心的老師通報，兒童福利相關的社會機構已經在介入處理。鄭安然主動向鄰居提議，每週定時帶著那孩子出去走走。或許有一天，她可以用正式的程序，把孩子接過來照顧。她想著，應該要有足夠的善意，推著這個世界走。

凡事都有逐漸變好的可能。

然後鄭安然順手點開了信箱裡排在最上端的那封信，她正在穿鞋的另一隻手停了下來。

「妳別去申請，那不是一個好位子，老闆人品有問題，不適合妳。」鄭安然記得袁實恩是這樣說的。

袁實恩說了這樣的話，兩週之後，卻印了新名片，那個位子職稱的下一排，印著他的名字。

不知道袁實恩會不會如鄰居母親那樣，自己問自己，這是哪裡？我在這裡做什麼？

✟

到了第二天，袁實恩才等到鄭安然的信件，那封信寫得簡短，連 congratulations 都縮寫成了 congrats。他讀了好幾次信，有點按捺不住，在即時通訊上向鄭安然敲了一句話，「不是我自己去找那個位子的。」

過了兩小時，鄭安然回了幾個字：「是好事，為你開心。」

他們淡淡地過了兩個月，兩人除了公事以外，其他的話不太多談。幾天後另一封人事異動的信也發了出來，凱西搬著紙箱坐到袁實恩斜對角的座位，「牛郎織女終於坐一起了。」同事都這麼調侃，凱西也沒反駁。

這兩個月，鄭安然也過得淡淡的。公司發布的第一封，關於袁實恩升職的信，令她不敢置信，第二封信，關於凱西的人事調動，她倒是了然於心。本來看

不清楚的事情，一下子都說得通了。

她為自己的自作多情感到丟臉。

隔週的某一天，對門鄰居的孩子，被社福單位悄悄帶走了，母親被強制住院，父親不知道是誰，也不知道跑到了哪裡去。「積欠的房租好幾個月，也拿不回來，下次絕不租給這種單親家庭的女人，還帶著一個孩子的。」房東苦著臉抱怨。

不工作的時候，鄭安然無事可做，便獨自坐在客廳的沙發裡，變得呆呆的。

電話響了，是她替孩子報名的音樂課，主任熱情地問，「今天小朋友沒來上課，發生什麼事啦？」

「喔，生病了。」她立刻編了一個理由，「抱歉忘記請假。」鄭安然戲演得很足，甚至約好了下週的補課時間，鋼琴啟蒙蘋果班，除此之外她不知道還能做什麼。

這樣恍恍惚惚的日子過了一陣子，直到小語約她去廟裡，一起鬮鄭安然抽了一

——張籤——

第五十七籤　癸巳

勸君把定心莫虛，前途清吉喜安然。

到底中間無大事，又遇神仙守安居。

原本只是心煩，想抽個心安，但當鄭安然看見詩籤上的第二句，明明白白地寫著她的名字，心倒是篤定了下來。

又遇神仙守安居？為了這句話，鄭安然振作起來，把租屋處重新整理一番，將灰白的牆面換成米黃色，添購了新的沙發與花瓶。家居用品賣場成了她週末最常去的地方。某天她買廚房用具，結帳櫃檯拿出信用卡，店員詢問會員卡號碼時，排在後頭一個男子說，「報我的號碼吧，這個月我生日，有三張優惠券可以用，可是我都不知道要買什麼。」

鄭安然轉頭，看見了隊伍裡的高中男友。勸君把定心莫虛，那一刻，滿手都是碗盤與餐巾紙的她，有了回家的感覺。

✝

下班後，袁實恩去剪了頭髮，走進商場添購新鞋，新襪子跟新衣服，他沒有

必要做這樣的事情，可是他想要甩掉心裡說不出口的悶氣，有個新的開始。為了這個，前天袁實恩甚至抱了一盆張牙舞爪的龜背芋在路上走，回家的路上，那大片大片的綠葉擋住了他的臉，好像他的工作跟他之間的關係，別人看不進來，他也看不出去。

他感到很失望，對自己表裡不一的人生。

從第一次和鄭安然見面開始，袁實恩就想跟她在一起。想要跟她一起組生活，想跟她在早晨的餐桌上喝果汁，夜裡在白色的床單上做愛。那份感覺斷斷續續，隱隱約約，連袁實恩都很陌生，當鄭安然從更衣室裡跳出來，出現在他的面前時，他似乎得到了一則必須遵從的指示：必須朝著跟這個女子一起生活的這條路走，不能不這麼做，不能不去想她，不能不跟她共進早餐，不能不跟她做愛。就像狗聞到氣味，不能不循著氣味去，是這樣的一種原始而強硬的念頭。

迎新會上，袁實恩記得鄭安然的服裝，當其他的女孩都穿著正式套裝的時候。她穿的那件毫不張揚的白色連身裙，她臉上的兩道粗眉，像極了男人，可是她眼下的那顆痣，安靜地落在鼻梁與左眼之間，非常溫柔。

他們並不朝夕相處，可是總有認識很久的感受。袁實恩甚至相信，他們就

像一雙襪子，一左一右，一同塞在鞋子裡，晾在晒衣架上，收進衣櫃的第一層抽屜，只是在反覆多次的過程中，無心之下，其中一隻襪子，不小心跟另一隻分離。

但另一隻落單的襪子，根本不這麼想吧。

終於在商場中結帳時，五件嶄新的襯衫、三雙白襪、一雙發亮的皮鞋，袁實恩感到充實，或許他可以找到新的氣味，去走新的路，他提著購物袋邁開腳步，他是那樣有自信，直到發現那個收銀機旁的、三件一組的女用內褲花車，他怔怔地看著上面的粉紅花瓣圖案。

電話響起，是阿丹打來的，「喂！你在哪裡？」

「在外面。」

「喔，好吧，你在做什麼？」

「買東西。」

「袁仔，我接下來要說的事情，你不要太難過啊。」

「怎麼了？」

「我跟你說，你又被消費者告了。」

「啊？」

「那個你之前在萬寧賣場設計的地貼啊，好大一塊圓形的，記得嗎？我告訴你，貼紙上面的女明星可能是聶小倩，有魔眼還是什麼的，有個孩子在店裡顧著看她，結果一路從樓梯滾下來，手斷成三截……唉，小孩的媽媽氣死了，堅持要提告，萬寧就說這個地上的貼紙是廠商搞的，那廠商是誰啊？就是你，你搞的。哇哈哈哈哈，一年被告兩次，你真的要去拜拜，還是找個風水師來改運……。」

在空曠光亮的賣場裡，空調溫度是有點太低了，袁實恩掛上電話，把襯衫、襪子、鞋子，一一放回架上，他對自己無法控制的、不可預測的、表裡不一的人生，感到一種難以言喻的失望。

第五章 二〇一〇年

二〇一〇年，有許多令人津津樂道的電影上映，像是李奧納多主演的兩部電影，馬丁‧史柯西斯執導的《隔離島》，描述法警為了失蹤人口而到精神病院辦案的過程；克里斯多福‧諾蘭身兼編劇和導演的《全面啟動》，探討夢境與潛意識；娜塔莉‧波曼飾演的女主角，為了完美演出《黑天鵝》，犧牲自我直至毀滅；以及改編自日裔英國作家石黑一雄的小說《別讓我走》，不到最後一刻，看不出這是一部懸疑、科幻還是愛情電影。

這一年，這些電影裡從內部透出了一股氣息——人到底是不是自己認識的那個人？世界是不是個人以為的那個世界？尚未被定義的質數該如何確定，除了自己與 1 以外，絕無其他因數的可能？

一場無預警的婚禮，臺灣的鄭安欣，帶著微凸的小腹，嫁給香港的陳光和。

光和是安然的同事，安欣是安然的妹妹，小她兩歲，有次公司聚餐時，安欣正好在附近，就這麼認識了光和。

結婚的消息突然傳出，瞬間讓辦公室都熱鬧了起來，這兩分隔兩地，似乎不可能有時間相處的人，竟然悄悄談起了戀愛，到了論及婚嫁的程度。

一個同事開著玩笑，「再怎麼說也是陳光和跟鄭安然機會比較大吧？居然被妹妹攔胡了……」

鄭安然擠眉弄眼，聳聳肩說：「只能說我是一個不會把握機會的人。」

小語在旁邊意有所指：「也有可能是，安然有別的機會可以把握啊。」

婚禮的宴會有兩場，分別在臺灣與香港，臺灣的那場訂在秋天時分，鄭安然是伴娘，袁實恩是陳光和的同事，也受邀參加（他刻意安排了一場出差，跳過香港的那場喜宴，好來參加臺灣的這場）。好一陣子不見，袁實恩很期待看到鄭安然，同時也很緊張。

✦

鄭安然看見袁實恩的時候，她正在將胸花別上，那個別針有點瑕疵，不容易掛上，她露出煩惱的神情，拉扯著白色禮服的上緣，試圖找到好的位置，袁實恩走近她身邊，看見她捧著自己的上半胸與胸花，場面有些赤裸。

「好久不見。」袁實恩說了四次嗨以後，說了這四個字。

「好久不見。」鄭安然說，她抓著別針低著頭，胸花掉了，別針卻插進肉裡，「你看，我妹妹結個婚，我的胸口居然插了一根針。」

「恭喜，喔，會痛嗎？」袁實恩結結巴巴的，他想伸手幫忙，又不知該如何是好，鄭安然抬頭看著他笑了，因為袁實恩紅著耳朵，盯著她胸部的樣子，就像小男孩第一次打開色情書刊。

✛

週末，熱鬧的婚禮過後，發生了一件始料未及的事。

週一上午，清潔人員走進辦公室，先是愣住一秒，接著發出了驚叫，拿著澆花器的她看見盆栽邊的黑色管線上，直挺挺地掛著一個氣絕的男人，那個人是臺灣區的總經理馬克。

鄭安然站在一旁，陸續也湧進了其他的同事，大家都小聲交換一些訊息，但唯獨鄭安然不發一語。

救護車停在樓下，載走蓋著白布的擔架，公司來了許多警察，把鄭安然叫進會議室詢問。一個小時後，鄭安然提出假單，她懷著歉意說：「請讓我休息一天。」

這時她的主管傑森走近她身邊，悄聲說：「我們討論過了，所有跟大老闆直接彙報的人員，或是親近的同事，都休息一週吧。」

鄭安然面容憔悴，她提著包包離開，在一樓大廳遇到了總經理馬克的太太，她的臉色如白紙一般，看見安然，突然跑過來問：「他有沒有跟妳說過什麼？有嗎？如果有，妳一定要告訴我⋯⋯。」

太太握著安然的雙手搖晃，好像選前之夜，激動的候選人要討好選民的心，抓住最後拉票的機會，鄭安然卻一句話都說不出來。

✦

兩個小時後，當袁實恩抵達公司時，鄭安然已經離開了。

除了一個小區，用黃黑色交雜的封鎖線圍起來，禁止人員進入以外，臺北的辦公室又恢復成原來明亮乾淨的地方。

小語說，因為有段時間，傑森申請特休不在公司，鄭安然便直接彙報給總經理馬克，彼此緊密工作的時間，大約三個月左右。

「她沒說什麼就走了，大概是嚇到了吧。」小語搖著頭，指著原本是用來當作天花板燈架的細管：「大老闆也不算瘦小，你看那管子怎麼撐得住⋯⋯。」

袁實恩抬頭看著天花板，想起馬克是一個不服輸，不停想要證明自己比別人強的人，每每有人反駁他，他就會把同事拉進旁邊的會議室裡說個不停，但現在那間會議室，只剩下一個圓桌，兩張椅子。

　　　✛

中午十二點零三分，鄭安然搭上開往花蓮的火車，她在座位上偶爾閉著雙眼，偶爾又茫然地看著窗外奔騰的景色。

前排坐著一個小女孩，她指著餐車上的餅乾說要買，媽媽不讓她買，她的眼淚就流下來。

「不要哭，怎麼會有小孩像妳這樣，動不動就哭？」

「我就是要哭，我就是要哭。」小女孩無法隨心所欲，乾脆就放聲大哭。

她的媽媽生氣地說：「莫名其妙，我從來沒有看過比妳更莫名其妙的人。」

鄭安然默默看著她們吵架，她很想說，這世界上比這個莫名其妙的人跟事情很多，她就是因為這種莫名其妙的事件，才坐在這臺火車上的。她想著，人活著這麼忙碌，到底是為了什麼？自殺前的一天，馬克還在光和跟安欣的婚禮上致詞，關於相愛與婚姻，人生的經營，他說得頭頭是道，為什麼一個人對於未來的概念，可以同時明朗又陰暗呢？

她無法控制自己，腦中模擬著總經理擺好辦公室的椅子，把千鳥格的圍巾綁上燈架的樣子，或者他是踩著盆栽的底座把自己掛上去的？是什麼樣的心情，能讓這樣自信充足的男人走上絕路？而他最後說的一句話，又是什麼意思？

說起來，那條千鳥格圍巾還是鄭安然的，跟警察在會議室裡會談時，鄭安然特意跳過了這件事，圍巾平日放在椅背上，覺得冷的時候，她會像棉被一樣包裹著身體。昨夜馬克拿著她的圍巾，尋找可以掛上的水管或是燈架時，當時的他，也覺得冷嗎？

鄭安然在花蓮車站的洗手間，脫掉上班的套裝，換上大帽T與寬鬆的牛仔褲。這件事她原本可以在家裡時做，但她不想引起家人的注意，就留著身上的正式服裝，隨口跟母親說，公司臨時有幾天的出差行程，便快速地收拾了行李匆匆出門。她看了看手錶，時間還早，決定先租一臺摩托車，漫無目的地逛一逛。

上次騎摩托車，好像是十年前的事情了，那時候她剛考上大學，一時興起帶著安欣一起去綠島，也是在綠島學會騎摩托車的，她記得自己跟妹妹，穿著泳衣跟蛙鞋，搭著島上的陽光與風，一路騎車到海邊去浮潛，那感覺無與倫比。

多年過後，鄭安然覺得自己有個妹妹，是上天的賞賜。安欣總是接下自己穿不下的衣服，腳踩著她前年買的球鞋，兩人睡在形狀顏色一模一樣的單人床。安欣會讀她丟在床邊的書，吃她不喜歡的食物，安欣跟安然不一樣，安欣並不複雜（或者說她的複雜隱藏在安然看不見的角落），年紀較小的她，永遠帶著一份真摯與嬌嫩，妹妹總有自己天真無邪的祕密，常常幻想自己是公主，是殺手，是科學家，每年都會設下人生目標，隔年發現自己沒有完成的時候，她也很快就換下一個夢想。

十歲那年，安欣曾經得過一場重病，一種神經病毒，讓她無法控制臉部表情，話也說得顛三倒四，她在醫院住了十一個月，連小學畢業典禮都錯過了，畢

業證書也是鄭安然去學校幫妹妹領的。那場病後，父母看待安欣的眼光，總是帶著對幼小動物的憐惜，這份對妹妹的加倍憐惜，轉化成對姊姊的加重期待，父母把成就的賭注押在一人身上，把疼愛留給另一人。如果可以的話，別讓安欣壓力太大，如果再努力一點，安然就會考得更好。

鄭安然雖然沒有說過自己羨慕妹妹，但她某方面的確是的。

＋

隔天傍晚，揹著一個藍色背包的袁實恩，也來到了花蓮。花蓮的天氣，比想像中的陰冷一些。

當小語把鄭安然在花蓮寄宿飯店的地址給他時，說了意味深長的一句話：

「我都說這世界上不存在完美的男朋友，但你好像還可以。」

「我跟安然不是男女朋友。」袁實恩反射性地解釋，「我只是有點擔心她。」

說這段話時，袁實恩自己都知道，他在解釋一件自己都不明白的事，「而且，剛好有幾天假，都聽大家說花蓮很美。」

「好啦，知道了啦，你不是完美的男朋友，你只是隔壁班的男同學，這樣說

82   安然與實恩

可以嗎？」小語憋著笑，對袁實恩點點頭，「你是一個沒有去過花蓮的、完美的隔壁班男同學。」

來到民宿門口，已是傍晚時分，袁實恩報上鄭安然的名字，民宿老闆娘說：

「好奇怪喔，自從昨天晚上到現在，她都沒有出來過，早餐、中餐都沒吃……」

袁實恩聽了這段話，便頭也不回地奔跑上樓，接著急促地敲門，他聽見緩慢而沉重的腳步聲靠近，終於看見門縫裡，露出了半張鄭安然的臉，她看起來昏昏沉沉。

「你怎麼在這裡？」房門打開後，鄭安然一臉驚訝。

「我聽樓下的老闆娘說，妳都沒有出門？妳為什麼都不出門？」

袁實恩一邊喃喃自語，一邊用眼睛緊張地上下檢查鄭安然，卻沒有發現太多奇怪之處，當袁實恩忍不住把鄭安然的兩隻手腕舉起來看的時候，鄭安然終於笑了出來。

「我只是不小心跌倒了啦，」她說：「回來民宿的路上，路燈壞了，我車子沒有騎好，整個人摔到田邊扭到腳，所以今天待在房間休息啊。」

鄭安然把紅腫發紫的腳踝舉起來，以茲證明。神經兮兮的袁實恩蹲下身摸了摸她的腳，這才吐了一口長氣。

「怎麼了？你以為我想不開喔？」

袁實恩尷尬地低著頭，他緩緩地站起來，兩手抓著背包的袋子，搖搖頭又點頭。

「那你是來救我的，還是來跟我同歸於盡的？」

「我……我是來花蓮玩的，順道來看妳。」袁實恩一邊扯著沒人相信的謊言，同時心裡想著，如果真如小語說的那樣，他只是隔壁班的男同學，會把自己嚇成這個樣子嗎？

✣

所有稍縱即逝的一切，都是短短的片段組成的。

海風徐吹的夜晚，鄭安然騎著摩托車，載袁實恩去吃晚餐。

「妳確定還能騎車嗎？」坐在後座的袁實恩問，在風中，他雙手緊緊抓著後

座，這是他第一次坐摩托車。

「我沒有選擇，畢竟你都順道來看我了啊。」鄭安然取笑他。

秋夜的星空下，他們就坐在海邊的堤防上喝汽水，海浪義無反顧地衝過來，打在巨大的石頭上，接著碎落。

袁實恩試探著問：「大老闆的事，妳還好嗎？」

「自殺的前一天，大老闆不是有來婚禮嗎？」鄭安然沉默了一會兒，才開口說話：「你記不記得，那天晚上，他還大聲叫，要大家舉杯，一起祝賀新人永浴愛河、早生貴子……。」

袁實恩點點頭。

「我就在想，他自己也是個貴子不是嗎？一路念國外的學校，娶了漂亮老婆，生了兩個女兒，住在豪宅裡，衣食都不缺，怎麼才過一天，就搞到這樣子，一個好好的人，穿著西裝，掛在辦公室中間……。」

「妳有看到他最後的……樣子嗎？」

鄭安然搖搖頭。

她到辦公室的時候，遺體已經搬下來，放置在擔架上，救護人員在角落急救著，她隱約看到一隻手臂，深藍色西裝袖口，動也不動，落在地上的圍巾，已經被剪成破布了。

「那天，大老闆在宴席上，開了一個玩笑。」鄭安然說。

「他說了什麼？」

「他說，鄭安然，我告訴妳，這個世界上害死男人的，全都是女人，我想好了，明天我就要出家，哈哈哈。」鄭安然記得老闆拿著高腳杯，喝了一大口紅酒，笑得開懷。

「什麼意思？」袁實恩問。

「我不知道。」鄭安然搖搖頭。

大老闆的那些話，像路上遺落的拼圖，光是撿到一兩片也看不出所以然。

「妳聽清楚沒有？人生那麼煩，沒有意思，大家要是明天找不到我，不要緊

張，妳就說我想通了，不想混了，要出家了⋯⋯。」

海風把袁實恩的頭髮，往後吹得高高的，好像港片裡的賭神周潤發。鄭安然轉過頭，看著他的眼睛，睫毛和鼻頭，像個孩子般的側臉，她突然感覺到一股衝動，想要在風中找一個人可以依靠。

「好奇怪，坐火車來這裡的路上，原先的那些人生目標，我都不想要了，覺得好累。」鄭安然道。

「好像是喔，新目標應該是住在像花蓮這樣的地方就好。」

「住在這裡就不能天天看偶像明星拍廣告，指揮漂亮的人擺 Pose 了喔。」

「大概也不容易被消費者告⋯⋯。」

鄭安然從石頭上跳下來，一邊模仿吹風機爆炸的聲音，一邊手舞足蹈地笑起來，她喊著：「袁實恩，花蓮歡迎你！這裡的人，洗完澡都是用海風吹頭髮，你不要怕。」

袁實恩也跟著跳下來，他做了一個差點跌倒的姿勢，接著說：「妳都不知道，我的法庭最新力作，是做了超大圓形貼紙，害消費者滑倒手斷掉。」

「什麼？」

「我在賣場做了地貼，上面是一個女明星摸著自己的長頭髮。一個小孩子看呆了，就從樓梯上掉下來。」

「他手摔斷了？」

袁實恩點點頭，「那個地貼上還寫著大大的『無比滑順，令人難忘』這幾個字。」

鄭安然難以置信地看著他，她摸著臉跟鼻子問：「那孩子幾歲？」

袁實恩比了一個三，「三重功效，滋潤，修護，再生。」

「所以你又上法院嗎？」

「還是同一個法官。」

「看到他是不是就像回家一樣？」

「就像回家看到老媽一樣。」

黑暗中，鄭安然跳上摩托車，發動騎走了。

「喂？妳去哪？等等我。」袁實恩跟在後面跑。

「我替那個跌倒的小朋友報仇，罰你跑個幾公里……。」

回到民宿，已是凌晨一點。

✝

在那之前，他們在路上騎車兜風，繞著遠路，看到有營業的小吃店，或是便利商店，就停下來隨意吃點東西。

「遇到心情低落的時候，我就會想一個畫面，稍微安慰自己一下。」袁實恩嚼著麵說話。

「什麼畫面？」

「媽媽在晚上走進房間，幫我蓋被。」

鄭安然笑了，「原來你是媽寶啊？」

「什麼是媽寶？」

「依戀著媽媽，沒辦法順利長大的小孩。」

「不是嘛，是因為我是家裡的老二，有個哥哥還有個妹妹。小時候，在我醒著的時候，媽媽很少關心我，我都躺在床上假裝睡著，等她深夜的母愛爆發……。」

「喔，原來是這樣。」鄭安然安靜下來，不再笑嘻嘻地接話。

「妳怎麼了？」

「沒事，只是你說的事情，讓我想起來，小時候，我也是很少被關心的孩子。」

「是嗎？」

鄭安然點點頭：「因為我妹生過病。」

「但在喜宴裡，我看到妳父母都跟妳挺好的。」

「他們關心的，比較多是我的表現，我的成就……。」

「那還是比我幸福，」袁實恩吞了一口青菜，「小時候，只要是跟我有關的事，爸媽什麼都無所謂，好聽一點是我自己決定就好，難聽一點，就是他們也不在乎我要幹嘛……。」

「是嗎？」

「我爸爸替哥哥英文名字取作 Charles，媽媽把妹妹叫做 Elizabeth，都是英國皇室的名字。」

「那你呢？」

「他們忘記幫我取了。一開始是說要給我的姨婆取名字，姨婆拖了一陣子，忘了，我的英文名字是進學校後，老師給的名字，先是幼兒園老師取了一個名字，一年級老師覺得不適合，又幫我換成另一個名字。」

袁實恩搖了搖頭，幾十年過去，他還記著這樣的事。

「總之在家裡，我是半透明的。」袁實恩下了結論。

「像一隻水母。」鄭安然說。

「什麼？」

「你是半透明的，像一隻水母。」

袁實恩歪著頭想了一想，接著不以為然地表示：「我是不知道臺灣怎麼樣，但香港有個海洋世界，那裡的水母，超多人關心的……。」

接著袁實恩說了一個紋眉的事。

「有天早上我媽媽去紋眉，那天是我的畢業典禮，她忘了。」

「媽媽紋好眉毛，從美容院回來，哥哥跟她說，今天是弟弟小學畢業，要上臺領獎，現在趕去學校，說不定還來得及看得到，結果妳知道她說什麼？」

「她說什麼？」

「我媽媽說，唉呦眉毛都腫起來了，多難看，算了，不去了，她說完話，照一下鏡子以後，就跑去睡覺……。」

袁實恩說完這個故事，自顧自地笑起來，不知道是因為太平洋的風，還是喝了太多高糖分碳酸飲料的關係，他有好多話想要說。

「那我也講一個跟紋眉有關的事給你聽。」鄭安然露出神祕的表情。

「妳該不會也紋過眉吧？」

「國中的時候，有一次，我跟爸爸說，想要去刺青，刺在脖子這邊。女孩子嘛，那個時期都有點叛逆。」

袁實恩用眼角餘光檢查了鄭安然的後頸，路燈下，只看見她光滑的皮膚，少少的透明細毛。

「妳想刺什麼？」

「我想刺一隻柴犬。」鄭安然轉頭看著袁實恩，「從來沒有人問過我想刺什麼。你知道我爸對我說什麼嗎？」

「他說什麼？」

「我爸爸說，除非妳刺的是背不起來的數學方程式，不然跑去刺青對妳考高中有什麼幫助？」

袁實恩替安然倒了飲料，接著舉起杯子。

「敬我們忙碌的父母。」

鄭安然將杯子高高地舉至半空中，兩人一飲而盡。

秋夜稍縱即逝。

他們躡手躡腳地走上民宿的樓梯，地板很老舊，發出咿咿呀呀的聲音。

袁實恩在鄭安然的房門口前，停下腳步。

鄭安然問：「你要進來嗎？」

袁實恩不想走，但他不知道該怎麼做，他的腦袋還殘留著昨天辦公室，救護車與天花板水管的畫面。

在氣氛凝結時，鄭安然抓住他的襯衫，靠上前去吻了他。

最終鄭安然還是沒有說出口，大老闆上吊的那條圍巾是她的。

鄭安然不明白大老闆的意思。

即使嘴唇貼著袁實恩的時候，她還在想這件事情。

第六章 二〇一一年

「只有相信你做的是偉大的工作，你才能獲得真正的滿足。只有熱愛你的工作，你才能做出偉大的工作。如果你還沒找到你愛的工作，那就繼續尋找，不要妥協。這就跟感情的事一樣，找到的時候，你自然會知道。」

二〇一一年十月五日，知名品牌蘋果的創辦人史蒂夫·賈伯斯死於胰臟癌，他一生留下許多傳奇故事，也曾說過許多名言，包含以上這段話。

話雖這樣說，但世上的大多數人，這一生都在不愛的工作與不愛的人之間，慢慢妥協了吧。

當你還是小學生的時候，也許每一年，都會有人問你，長大以後要做什麼。那時候的你，覺得什麼事情都有可能：可以當醫生，可以當老師，可以當間諜，也可以當總統。你只要覺得那個工作有點好玩，就可以放在選項裡，走到講臺上，大聲宣稱那是你的志願，大家都替你鼓掌，稱讚你有無限的可能，直到你長大成人。

臺北市立第二殯儀館。

因為家屬對於死因提出疑慮，總經理馬克的喪禮拖了許久，終於在一月初舉行，穿著黑色服裝的主管們領著一群人，上前致意，上香，獻花，獻果，鞠躬。

接著是家屬答禮，哀傷的畢業歌曲，用二胡與古箏伴奏，煙霧繚繞中，鄭安然盯著大老闆的遺照，想起某次年度大會上，宣布他升官時，也是同一張照片。

✝

回香港後，袁實恩回到正常的生活。

今年的香港特別熱，令袁實恩經常想起花蓮的涼爽天氣，還有那個吻。那時從他的角度看下去，可以看到鄭安然黑色的瀏海，咖啡色的眼珠，她微微翹起而

溼潤的睫毛，還有細細挺起的鼻梁。有時那個吻會定型成一張海報的圖像，替代了他原本心情低落時，母親替他蓋被的畫面。

「欸，你有沒有聽說？」凱西拿著一堆待影印的文件，八卦地靠過來問：

「好多人都在傳，臺灣的那個大老闆馬克是跟一個臺灣的小女生搞，最後感情破裂，崩潰自殺的……。」

袁實恩低著頭按著影印機的按鈕，他不說話。輸入自己的員工編號與電子信箱，按下掃描文件，完成，送出，接著又拿出另一本廠商合約，開始影印，一頁接著一頁，他不想說話。

「大家都猜那個臺灣女生是鄭安然，聽說事情發生當天，她好像也精神崩潰，坐車躲到鄉下去，一個禮拜都沒上班。」

袁實恩依舊沒反應，他吸進一口氣，吐出一口氣，盯著影印機送出來的一張A4紙張。

「喂，你有沒有聽到我說的？我沒有亂講，警察都有在查。」凱西瞪著圓圓的眼睛，她歪著頭看著袁實恩的臉，伸出手在袁實恩的眼前晃動。

「釘書機呢？」袁實恩問。

凱西把釘書機遞給他，袁實恩說了謝謝，喀達喀達地釘著文件，凱西又問：

「袁實恩，你是不是知道什麼？那時候你也在臺灣出差不是嗎？鄭安然去鄉下之前，有沒有跟你講什麼？」

袁實恩有些不耐煩，他低聲對著凱西說：「是不是出事的那幾天，每個跑去鄉下的人，妳都要懷疑？」

「你最厲害，你最聰明，就只有你不會懷疑。」凱西不情願地擱下這句話，轉身走了。

✛

張向誠是鄭安然在高中認識的第一個男生。

她原本讀的是女校，那年九月，學校改制，開始試辦男女合校，張向誠就是最初一批的男學生。他們第一次見面，是幾個女同學拉著鄭安然去籃球場的。

「終於有比較標準的投籃姿勢可以看。」某個女同學興奮地說。在那之前，碩大的籃球場都是一群汗流浹背的女孩追著球來回奔跑，十顆球往往只有一顆能

投進。

「妳最好只是看投籃姿勢喔。」另一個女同學跟著起鬨。

鄭安然對籃球沒興趣，只喜歡聽音樂會，因為小時候學過鋼琴的緣故，音樂會裡最喜歡的是鋼琴獨奏。傍晚，她和幾個女同學站在球場邊，幾個男同學趁勢靠過來問，「要一起打球嗎？」

還沒聽完這個問句，還穿著制服裙的女同學們，立刻脫下裙子，運動褲早已穿好在裡面，紛紛上場去了。

青春的氣味，隨著地板運球的聲音，在夏天躁動的空氣中傳導，鄭安然覺得無趣，她雙腳交叉，盤腿坐在籃框後的地板上，輕輕地點著手指，彈空氣鋼琴。這時滿頭大汗的張向誠，一屁股坐到她身邊，「喂，等一下沒事的話要不要一起去喝豆漿？」他問，典型的十六歲男孩，搭訕時的起始問句，他帶著連珠炮的語速，彷彿這個句子不趕快一次講完，就沒有勇氣再講了。

鄭安然看了張向誠一眼，有點防衛地想要立刻站起來離開，但是張向誠又說了下一句話：「那裡可以聽鋼琴的音樂CD喔，因為豆漿店老闆很怪，他超古典的。」

張向誠說完這句話，好像被自己逗笑似地，對著鄭安然開心地咧嘴笑起來，他的酒渦像清涼的大雨滴，一大滴掉到湖裡。

「我看到妳就想起那個豆漿店老闆，他好愛講音樂，一邊講解的時候，也會像妳這樣，用手指彈鋼琴。」張向誠說：「我是什麼都聽不懂啦，可是還是常常去那間店。」

「為什麼你要常常去？」

「因為只要聽老闆講音樂，點點頭，嗯嗯嗯回答個幾聲，豆漿就可以免費續杯。」

✢

袁實恩一早進辦公室就覺得心情不好，剛上市的產品，第一週出貨量不如預期，遭到老闆質疑，他需要寫五頁的報告解釋原因。

中午，公司在餐廳訂了飯盒，他負責去拿，在路上遇見了蘇菲。

蘇菲比他早一年進公司，目前在家工作。這不算少見，一年總是有一兩個認識的人，突如其來地看清某種事實，決定離開錢味充盈的俗氣圈子。蘇菲說她正

在寫劇本，愛情故事，窮困的男人苦戀一個勢利的女人，已經寫好一個版本。

「最後是快樂的結局嗎？」袁實恩問。

「不是，這樣類型的劇本，最後走到快樂的故事結局多商業啊。」蘇菲說。

「悲傷結尾也滿好，為妳高興啊，只有人生開心的人，可以笑笑地寫悲劇。」

「你不喜歡悲劇？」

「我都看勵志卡通的。」提著一大袋飯盒，袁實恩遲疑了一下，「不過，妳總是要讓那個男人，有一段時間是不愛她的吧？」

蘇菲不明白，「為什麼需要這樣呢？」

「都已經又窮又慘了，讓那個男的，多少有點骨氣，好像比較好……。」袁實恩苦笑地說。

✝

「他是第一個帶我去豆漿店聽音樂的人。」

如果有人問起張向誠，鄭安然會這麼形容他。

「等一下要不要一起去喝豆漿？」那是第一個問題。

接著的一段日子，他還問了鄭安然很多問題。像是後來，在學校的門口，他用簡潔的方法問鄭安然：「我們要不要在一起？因為我很喜歡妳。」

又是這樣無來由的一句話，直接的問句，搭配簡單的解釋，男孩年輕無害的笑容，裡面找不到被拒絕的理由。

那兩年，在每個早晨裡，張向誠會買微糖豆漿跟饅頭夾蛋給鄭安然吃，他把早餐裝成一袋，從班級窗戶遞進來時，班上的學生就會哇啦哇啦地鼓譟一陣。鄭安然記得他用認真的口氣說，「常喝豆漿的女生，以後會長得比較好，我媽說的。」

多年後，鄭安然再見到張向誠，是在居家用品的賣場裡。

他們沒有立即復合成情人，這次他們先是成為朋友。

張向誠說，你不忙的話，週末的時候我們就一起吃飯，如果是早上不忙，去早餐店吃早餐也可以。鄭安然笑了，這些年過去，張向誠或許在外貌上成熟了許多，但還是很喜歡早餐店。他提醒鄭安然要注意身體，補充營養，工作不要太辛

苦，但她常常忘記。

秋天的時候，他打電話過來問：「可以見妳嗎？我在妳家樓下，有東西給妳。」

張向誠執意帶了兩隻秋蟹要讓鄭安然吃，磚紅色的螃蟹綁了十字交叉的麻繩子，「喔，還有這個。」他接著從灰色背包裡拿出一張鋼琴CD，要給她聽。「我上禮拜出差，從德國買回來的。」

以行為舉止來說，張向誠是個難以預測的男人，可是他的心很簡單。

風特別大的某一天，在辦公大樓下，鄭安然打了電話給他。她下了決心說：「張向誠，我們還是當朋友就好。我喜歡跟你見面吃飯，但我們兩人要的東西不同，之前小的時候，也嘗試交往過了，我們這樣下去，沒有什麼未來……。」

隔著電話，張向誠小聲而卑微地說：「那我們多見面就好。我只是想跟妳一起吃東西，偶爾買東西給妳，妳就把我給妳的東西拿回家，沒關係。」

不知道為什麼，只是想要吃東西買東西拿東西，張向誠用小學程度簡單語彙組成的句子，打動了鄭安然的心。

一次北京的公司員工訓練營，在晚宴上，袁實恩遇見阿虎，他在中國市場幹得風風火火，前陣子獲得升職，人人都改叫他虎哥。

阿虎喝了點酒，走過來與袁實恩親密地勾著肩，「袁仔，下回就換你升遷了吧？」

「承你吉言。」在身材壯碩的阿虎旁邊，袁實恩看起來有些單薄，他被酒氣沖天的阿虎攬著，接著說：「看看你，當了主管，整個人都不一樣了。」

阿虎慎重地後退一步，開始自我介紹起來，「做外商多年後，終於噴上高端男用的凱文克萊香水，變成衣著講究，講話時夾雜三個音節以上的英文字彙，兼具商業和知識的氣息於一身，洋氣的中年管理階層！」

就這樣你一言我一句，他們站在飯店大會議廳的底端聊天，吃著免費提供的鮮蝦燒賣時，臺灣的團隊正好走進來，袁實恩看見鄭安然，穿著米色的高領毛衣，換了新髮型，他刻意低下頭，把目光移開。

倒是阿虎瞇著眼睛直直地看著。

「欸，你有沒有聽說，那個女的的事情？」

「哪個女的的事情？」

「聽說臺灣辦公室有個小狐狸精……。」

袁實恩知道阿虎要說什麼，他立刻說：「那個事情，不是真的吧？」阿虎淡淡地

說：「咦，那個女的，叫鄭安庭吧？」

「真不真只能各說各話，反正人都死了，也拍不醒、叫不活。」

「鄭安然。」

「不過，我倒是聽了幾個真真的證據。」

「證據？」

「你不知道嗎？原本那天上午八點半，老總馬克是排定要跟鄭安庭開會的。」

「是鄭安然。」

「喔對，但是那個鄭小姐在前一天突然取消了會議，還有，有個同事從之前

的大合照發現，老總用來上吊的那條圍巾，就是那個女的的圍巾。」

阿虎搖著他的大頭，「我問你，如果有天你決定要自殺，沒事會拿一條不相關的人的圍巾去掛在脖子上嗎？」

袁實恩呆呆地看著前方，答不上話。

「聽說現在小狐狸精的手，都伸到上海來了。」

「什麼意思？」

「大中華區公關部的副總尚爺啊，據說最近被臺灣的一個行銷部女生，迷得團團轉，心疼人家來異地出差，只能住酒店，已經送了一棟樓給她，在靜安寺那兒，獨戶一層啊。」

「他有說房子是給鄭安然的？」

遠遠地，鄭安然轉過頭，對著袁實恩微笑。

「你用自己的眼睛看看嘛，臺灣行銷部，有那種姿色的不多吧？嘖嘖，老天爺賞臉可以當飯吃，我看了都有點癢……。」

「你不要亂講吧，我跟鄭安然合作過好幾次，工作很認真，是很單純的女孩

　　　　　　　　　　　　　　　　安然與實恩

「合作好幾次？工作很認真？她給了你什麼好處？多認真？在你家脫衣服了嗎？」

阿虎見袁實恩不接話，便用兩隻手掌，硬是把他的頭轉過來，有幾秒阿虎看著袁實恩的臉，像是想起了什麼，又戲謔地捏著對方的脖子：「欸，袁仔，我從虎小弟走到虎哥的位子，一路上也吃過幾次虧，當作人生經歷分享，你多少聽一下，年輕人剛進公司，必須專注在升職上，沉溺女色對你沒有好處喔。」

他指指鄭安然，補充說明：「跟公司裡面純真的，稍微小情小愛可以，那種程度，越級打怪，你玩不起。」

袁實恩說：「我不是那個意思。」

「不是那個意思，是什麼意思……哈哈，我看單純的是你啊……。」阿虎神祕地笑起來，他大聲地說：「你搞清楚，現在還不是妄想的時候，你要升職很多很多次，超多超多次，變成一個 Director 還是 President，才能考慮要幫女人買樓或是為她上吊，好禮二選一！」

終於等到見面的那一天，是在北京的飯店，那天的新聞都是賈伯斯的死訊，在會場中好幾個人都惋惜地把玩著手上的蘋果手機，鄭安然找不到時機跟袁實恩說話，袁實恩一直離得遠遠的。

直到四個小時後，活動結束，鄭安然看見他站在飯店門口，便走過去打了招呼。

「欸，要不要出去散散步？」鄭安然問。

「既然到了北京，我們去遠一點的地方散步。」袁實恩說。

北京的街上鋪著黃色的枯萎樹葉，在計程車裡，留著大鬍子的司機，放著震耳欲聾的音樂，隨著夜風不停扭著肩膀，一路搖滾。那個夜晚非常寒冷，他們一路走到街底的公園，大街上的霓虹閃爍，像上帝的水彩顏料，還沒確定如何下筆。公園裡的人比樹還多，幾個大媽在晚上跳土風舞。他們站在入口看了一陣子，最後決定轉身離開。

在路上，兩人交換了這一年的生活資訊。袁實恩對著鄭安然說了一下他的

安然與實恩

現況，他斷斷續續地講著工作的事情，沒什麼特別的地方，於是他又談起在小學時，當時上的課。

「游泳課時，只有我不會，整堂課體育老師就把我的頭夾在他的腋下，逼著我憋氣游水……我好緊張，除了往前劃也沒有別的選擇……。」

「後來我常常做夢，都夢到自己在游泳池裡溺水，我不能呼吸，也不能停下來，我被夾住了啊……。」

袁實恩沒有發現，大部分時候，鄭安然都在聽他說，鄭安然有時微笑，有時又露出思考的表情。

回到飯店時，袁實恩想，如果鄭安然又站在房間門口問，要不要進來？這次他就不再猶豫了，就算那些流言蜚語塞滿了他的耳朵，他也想要置之不理。

因此袁實恩堅持先送鄭安然走回房間，直到他們看見，房門口的地上，出現了一個巨大的，包裝精美的盒子，繫著厚實的緞帶，Christian Dior 的禮盒，上面寫著：Miss you already.

就在鄭安然一臉疑惑的時候，袁實恩看見了卡片上面的男人署名。

第七章

二〇一二年

根據馬雅曆法，日子只到二○一二年十二月二十一日就停止計算，新聞報導說道，馬雅人認為，依照曆法，由始到終，地球分為五個太陽紀，分別代表五次浩劫，其中四個浩劫已經過去，等到第五個太陽紀來臨時，太陽會消失不見，大地開始劇烈震動，到時候巨大災難將無可避免，隨之就是地球的毀滅。那一天，換算過來，是西元二○一二年十二月二十二日，也就是今年的聖誕節前。由於古老的馬雅人以擅長天文學為名，許多人便把這一天，當作世界末日。

有些人會在世界末日前，把想做的事情做完，有些人則是打算重複日常的生活習慣，直到最後一刻。

三十歲的這一年，日子異常忙碌。

袁實恩拿到一個大中華地區的行銷案，為了獲得完整的消費者行為調查，成天往內地的各個城市跑。鄭安然留在臺灣的時間多，兩人幾乎斷了聯絡。

那年深秋，在北京漫步時，鄭安然沒有告訴袁實恩，這些日子來，最令她忙碌的不是工作，是父親生病的事情。

她父親的腦中長了一顆腫瘤，性情變得異常暴戾，母親受不了折磨，便把照顧父親的責任，交給了鄭安然。

✛

一月下旬，袁實恩因工作出差至臺北，雖然在同一個城市裡，但他們沒有見面。

日子逐漸逼近農曆新年，袁實恩的工作堆在一起等待完成，行程變得非常緊湊。他在臺北只停留一個晚上，到飯店時已是傍晚，櫃檯替他升等，很大的一間行政套房，客廳與臥房還有門隔著，帶兩個衛浴。

他穿著藍色條紋鋪棉的睡衣褲、白色襪子，不停地工作。肚子餓了就打電話

點餐，一個人在陌生的空間裡吃飯。儘管上頭交辦的事項繁重，袁實恩覺得很安全，只要留在工作中，他就不會被所謂的孤獨感抓住，他是這樣的一個人。

窗外透出微藍的光，看了一晚的消費者訪談影片，袁實恩看著看著就倒在沙發裡睡著了。醒來的時候，他用手提電腦寫了幾封E-mail，將未完成的報告逐一做完，電話這時響了起來，是預約好的機場接送服務。

在機場等候登機時，瞄到機票上的TPE，袁實恩才想起什麼地，得空看了一眼手機，有一封未讀簡訊，在螢幕的第一行呈現粗體字，是鄭安然傳來的——

「嘿，聽說你升官了，為你高興，你這次來臺北待多久？打給我，我請你吃飯。」

✛

元宵節的那一天，鄭安然陪母親回南部娘家。罹癌後便長期待在臺北家中休養的父親，突然想出門買湯圓，獨自開車時，出了嚴重車禍。一個警員打電話給鄭安然，他說：「鄭小姐嗎？妳的父親在加護病房，意識混亂，目前尚未脫離險境。」。鄭安然跳上高鐵，路途上她的情緒無法壓抑，拿出手機想打電話，卻不知道該打給誰。

父親在醫院住了一個月。

腦部的腫瘤使他行動不便，個性變了很多，記憶也無法連貫。有一個深夜，父親突然躲在床的角落邊，縮著身體哭了三十分鐘，像一個孩子害怕時，發出有點像貓的哭泣聲音，碰都碰不得。哭的時候，父親認不出女兒，只是多次怯懦地喊著：「媽媽，我想媽媽。」鄭安然站在一旁，安靜地拿著毛巾，一言不發。等父親平靜下來後，她把毛巾沾了熱水，在鐵製的臉盆擰乾，讓他洗臉睡覺。

「謝謝妳。」父親把臉埋進毛巾，他小聲地問：「媽媽等一下就來接我了吧？」

小時候，鄭安然的父親是個自視甚高的男人，雖然才華洋溢，但也懷才不遇。父親很早就沒有工作了，據說是人緣不好，與同事關係緊張的緣故。這麼多年來，對此事他也絕口不提。如今病中的父親，內心深處隱藏的脆弱占據了他的身體，「請妳幫我打電話給我媽媽，跟她說我想回家」。他做出這樣的要求，鄭安然不知道該如何安慰他。

也不知道該怎麼安慰自己。

隔天早晨，父親稍稍恢復正常，父女兩個人安靜地吃早餐。父親問起她的工

作情形，鄭安然說，工作內容都差不多，生活沒什麼不同。這句話倒惹了父親不悅，他提高音量大吼著：「這時代的女孩子應該積極表現，難道妳想靠男人，平庸地過一生嗎？」

有時，母親會打電話過來，詢問父親的狀況。每隔幾天，母親會去市場買菜，做父親喜歡的口味，送到醫院的門口，要鄭安然下樓拿。但母親對鄭安然說，這一生被父親折磨夠了，最近無法再見他。

「醫生說，爸爸剩下的時間不多了。」

「最後的日子，你們父女好好過吧，」母親低垂著雙眼，這麼回答：「對我，他只會亂發脾氣，其實這輩子，他心裡只有妳。」

每週一次，安然的妹妹，安欣跟著丈夫陳光和會一起來醫院探望，他們剛生了孩子，初為父母，忙得不可開交。

父親見到兩個女兒來了，便問著：「妳媽去哪了？」鄭安然用溫和忍耐的語氣應對，不正面回答問題。

在病房外，談起父親與母親的事，安欣氣著說：「不然我去跟他們說，兩個

人乾脆離婚，媽媽自己重新生活，爸爸也不要天天等了，大家都誠實面對人生。」

鄭安然嘆了口氣，淡淡地說：「這些日子還不夠累嗎？算了。」

出差至重慶的早晨，天空是灰色的，距離這個消費者的訪問結束，還剩四十五分鐘。

✛

陰暗的光線裡，袁實恩坐在黑玻璃後頭的沙發上，藉由透光鏡，看著小房間裡的幾個家庭主婦，她們正在討論平日保養皮膚的方法。

「欸，我聽說了你的好消息，恭喜升官啊。」這時前方的同事小茲，轉頭對他說道。

袁實恩發出嗯的一聲，淡淡微笑。

「你們部門沒辦慶祝會之類的嗎？喝喝酒，唱唱歌，一群人胡言亂語這種的。」

袁實恩看著小茲，搖搖頭。

「咦，你怎麼看起來不是很開心的樣子？」小茲問。

「可能是累了。」袁實恩說：「這幾天覺得特別累。」

「重慶地勢高，外地人到了重慶都會覺得身體不舒服。」小茲笑起來。

「你就沒事？」

「噢，你不知道嗎？我是本地人啊。欸，你累的話，休幾天假嘛，好不容易升官了，自己也應該偷個閒，都拚這麼多年了，少拚幾天死不了。」

小茲用手機搜尋圖片，展示給袁實恩看：「你看，下個星期我排好假期，要去泰國玩。」

袁實恩點點頭，小茲站起來雙手合十，模仿泰式舞蹈，扭了幾下屁股。

「我跟老婆一起去，順便再從曼谷搭飛機，回臺灣看看她的家人，剛好她那時過生日，她老家在臺南，人人都說臺南好，適合大吃特吃的城市……。」

小茲連珠炮說了一堆，看著袁實恩傻傻地盯著他瞧，接著問：「咦，你去過臺南嗎？」

「什麼？」

「臺南，臺灣的南部城市呀？你去過嗎？」

「去過哪裡？」

「臺～南～你是怎麼啦？」

袁實恩這才回過神來：「喔，我上週去臺北出差，除了機場、會議室跟飯店以外，哪裡都沒去……。」

他看著小茲自討沒趣地坐回原先的座位，想了一會兒後，袁實恩從皮夾裡拿出幾張鈔票，是五張一千元的新臺幣紙鈔。

他把五張鈔票向前方伸過去：「難得在臺灣過生日，讓我贊助一點，給你老婆買禮物。」

小茲盯著鈔票，臉上突然露出不好意思的笑容，說：「不要吧，你自己留著用啊？」

「怎麼用？下次什麼時候再去臺灣，我都不曉得。」

「你確定?」

好像過年長輩給小孩紅包似地，袁實恩把錢塞進小茲的手掌心裡，「好不容易結婚有老婆，你要珍惜……。」

✦

這一年，鄭安然與張向誠的感情，逐漸穩定下來。

或許是媒體老是在講世界末日的話題，活在當下變成一種普世的生活哲學，

一開始，和張向誠的交往，鄭安然保持著距離，有時他們並不見面，只在電話裡聊天，有時張向誠會寫一張手寫的卡片，信封裡面還放著許多貼好的便利商店集點，原因不明。過馬路的時候，他的手會放在鄭安然的背後十公分，做出保護的動作，並不明顯，他會堅持那樣的手勢不放下來，直到兩人完全跨過路口。

鄭安然一直都覺得自己是個孤獨的人，凡事都得靠自己努力，不容易相信別人。儘管和一個個性差異很大的男人重新相處，需要時間調適，可也是因為這份感情維持得鬆散而低成本，又有點漫無目的，反倒出現了一些可能性。

說實話，鄭安然不曾想過會和張向誠再度走在一起。從十八歲跟他分手以

後，她就開始對愛情採取隨意的策略。曾經喜歡過一些人，卻也沒有怎麼深愛過。這幾年來，最靠近她幻想的戀愛對象，其實是袁實恩，她把能給對方的機會都給了，但袁實恩從沒展現過要進一步的想法，鄭安然想著自己也不再那麼年輕，有大把的時間可以等待，這點令她有些沮喪。

她去過張向誠住的地方幾次。每次張向誠都很熱心，親自下廚做飯給她吃。張向誠話說得不好，但菜卻做得很出色，他的性格裡有一種溫熱的成分，像是一隻忠心的大狗，身形龐大，心卻小小的，不成比例，這讓他與一般的男人有所區別。

電視的談話節目裡，幾個名嘴正興高采烈地討論著馬雅文明與世界末日的關聯性。

如果世界末日就在今年年底，而每個人都有自己的打算。鄭安然想著，那麼她對袁實恩的感情，會不會只是一列沒有停站與時刻表的單程列車，她獨自坐在車廂裡不下車，獨自懷抱著不切實際的期待。

✝

這些年來，如果要找一件什麼都沒改變的事，那就是袁實恩總是習慣工作到

很晚。

　若是到大城市出差，工作結束後，他能找到的事情相當有限——在飯店附近散步、吹吹風，或坐在花圃的臺階上，看別人一群一群地路過（他自認為這是當地消費者觀察）。如果距離睡覺的時間還有一些，他會去飯店的餐廳用餐，一個人、一臺電腦與一杯飲料。餐廳裡總有一些跟他一樣的商業人士，整齊，孤獨，一個安靜，疲累。袁實恩跟他們坐在一起，嘴裡咬著小黃瓜棒，抬頭看著懸掛在角落裡的電視，通常是無聲的畫面，籃球比賽或者是國際焦點新聞，只有小人在畫面裡運動，或是表情嚴肅的主播，搭配英文字幕。

　有時候是到偏遠的、公司稱作三線城市的鄉鎮出差，往往開完會後，晚上還不到九點，路上的餐廳就紛紛拉上鐵門。這樣的話，袁實恩結束一天的方式，就改成穿著白色的浴袍跟拖鞋，待在飯店房間裡，吃迷你吧檯上的洋芋片和巧克力。二星級的飯店，連迷你吧檯都沒有，也沒有書桌，他只能穿著內褲跟襪子，一邊抓癢，一邊坐在床沿看訊號不穩的電視節目（通常床沿也支持不住一個成人的體重，他跌倒過幾次）。

　最近袁實恩買了昂貴的耳機，下載了一些爵士音樂聽。他這樣做是為了讓自己感覺還像個人一樣好好活著，他想用灌進耳朵的高音質樂曲，證明自己並不是

個生活裡只有工作的人，他也懂得去享受生活。

爵士樂只是一個開頭，大部分的時候，袁實恩習慣於推遲工作以外的，所謂真實的人生。比如說，直到過了兩個禮拜，袁實恩才想起臺北的事，趕緊給鄭安然回了訊息。

「抱歉，這陣子工作太忙了，上次去出差也來不及找妳，最近有計畫來香港嗎？」

鄭安然回覆：「可能是下個月二十號吧，有兩個客戶會議，機票剛訂好。」

距離下個月二十號，還有四十天，袁實恩在行事曆上標註一個只有自己知道的代號，興沖沖地開始蒐集餐廳名單，下班後，就獨自一人，這裡吃吃，那裡吃吃，不到一週就胖了三公斤。

最近，同事們都感覺到，袁實恩心情變好了，只是不知道原因。

某個夜晚，袁實恩坐在無人的辦公室裡，他舉著電話筒耐心地聽著某個年輕業務抱怨，過了一會兒，他說：「好，你的事情我了解了，不用擔心，這次的單月行銷折扣活動業績沒有達標，不是你的錯，我會跟你主管說，你需要的促銷贈

品，我再多加一點給你，這樣好嗎？」

在電話的另一頭，那個業務沒有預期得到這樣的回答，他緊張地說：「怎麼可能？你真的覺得沒關係嗎？還是你只是在諷刺我？」

「你不用擔心，我來處理。」

年輕的業務無法相信自己的耳朵，行銷部對業務部，向來鐵面無情，為了確認他沒有聽錯，他又重複問了袁實恩四次同樣的問題。袁實恩告訴他一切都不會有事，一次次保證了不需要擔心，他甚至表示，這次的銷售失敗，不只是業務部的責任，行銷部門也需要更加努力。業務開始感謝他，止不住地說：「謝謝你，謝謝你，下次我會更多去跟店家溝通，謝謝你體諒我，謝謝你。」掛上電話前，他對袁實恩說：「你是個天使。」

袁實恩掛上電話，花了三十分鐘寫報告，把那個案子做了檢討，結束。

在空曠的辦公室裡，他揉著臉，自言自語地說：「我是個行銷天使。」

✝

張向誠在狹小的廚房裡做飯。

早晨的時候，他先去菜場買菜，然後出門去醫院接鄭安然回家，一起看她喜歡的鬼片。鄭安然總是這樣，自己提議想看鬼片，其實又非常怕鬼，對於這件事，她有一套自己堅持的理論，她正經八百地告訴張向誠：「鬼片就是要在白天看，接著後面做喜歡的事情，把恐怖的感覺洗掉，這樣就沒事了。」

這次運氣不好，從錄影帶店租來的鬼片很無趣，情節老套，惡靈總是出現在可以預期的地方，像公務員上班打卡一樣，一點陰森的感覺都沒有。鄭安然看著看著在沙發上睡著了，迷迷糊糊中，她渾身出汗，夢見自己是一個人，無父無母，生活在海邊的房間裡，雖然生活拮据、三餐不繼，可是她感覺到一股前所未有的自由。夢中她遠遠見到張向誠，在沙灘上，說要去抓一隻兔子。

「你為什麼要抓一隻兔子？」鄭安然問。

「因為我很適合跟兔子一起生活。」張向誠說。

醒來時，餐桌已經擺了兩道菜，鄭安然伸了一個懶腰，對著廚房的方向宣稱：「我剛剛做了一個很好的夢，你在夢裡好好笑……」

從廚房裡走出來的張向誠，穿著圍裙，看起來有點古怪。他似乎沒有聽到鄭安然的話，直接走進廁所裡，開了水洗臉，接著開蓮蓬頭，洗起澡來，洗了很久

後才頂著溼溼的頭髮走出來。

鄭安然坐在餐桌前，安靜地等著他出來吃飯，他們之間放著兩個小玻璃杯，裝著透明的液體，鄭安然喝檸檬汽水，張向誠喝白開水，光線柔和的中午，他頭髮還是溼的。

「吃飯吧？」鄭安然說。

張向誠沒有坐下來，他把手伸到口袋裡拿出一個戒指，放在桌子的中間。

鄭安然以為自己在這樣的一刻，會無法阻止自己的眼中淚光閃動，但她只是愣著。

她想起父親說：「難道妳想靠男人，平庸地過一生嗎？」又想起母親說：「這一生被妳爸爸折磨夠了，最近無法再見他。」還有那個夢，站在海灘上，張向誠說：「因為我很適合跟兔子一起生活。」

張向誠還呆站著，沒有直接跪下來求婚，也沒有開口問嫁給我好嗎，他不安地站在桌邊一會兒後，把桌子上的戒指拿起來，又繞到另一邊去，接著拋出一段古怪的話。

那段話是這樣說的：「我一直都在暗戀妳，今天突然想問，妳到底有沒有暗戀我啊？」

鄭安然低下眼，看著鍋裡的湯，是冬瓜蛤蜊。不知道為什麼，一個想法在腦海中突兀地冒出來，張向誠是冬瓜，而她是蛤蜊，是誰想到這兩樣東西，可以合起來放在一道菜裡？

第八章　二〇一三年

二〇一三年四月，波士頓的一場馬拉松，在終點線前，發生了爆炸事件。兩枚裝滿鋼珠及金屬碎片的土製炸彈，造成三人死亡，一百八十三人受傷，其中有三十人必須在現場的緊急醫療站或醫院截肢，新聞接連報導著，有位來替爸爸加油的八歲男童不幸身亡，他的姊姊也被炸斷一條腿。但跑得快些的菁英跑者較為幸運，因為提早完賽的緣故，於炸彈爆炸前，就站上了頒獎典禮的舞臺。

同年，臺灣搖滾天團五月天發行專輯，〈傷心的人別聽慢歌〉，傳遍大街小巷。香港著名男歌手陳奕迅舉行了世界巡迴演唱會，首場香港站，陳奕迅和張學友的世紀合唱，登上頭版頭條，那首歌曲叫做〈每天愛你多一些〉。

非常忙碌的一年，伴隨著電視裡的煙花消失了，袁實恩的眼光，停留在螢幕中臺北一〇一的煙火秀，七彩炫目的大樓與夜空，吶喊著新年快樂的人群，他的心情埋藏到不知道什麼地方去。

鄭安然的婚禮，袁實恩沒有出席。那場婚禮，彷彿宣示著冰河時期的來臨，他們進入一場漫長的安靜，誰也沒有聯絡誰。

一月是袁實恩的生日。三十歲結束，三十一歲的第一天，是星期一的早上。

在這一天，袁實恩決定徹底離開鄭安然。

正如邱吉爾的一句名言：「你回首看得越遠，向前也會看得越遠。」他用週末的時間從頭到尾把自己跟鄭安然的事情想了一遍，過去該發生的沒有發生，現在只能抱著遺憾向前看，袁實恩幾乎是用強迫自己的方式，下一個粗暴的決定，他要站起來去交一個新的女朋友。

星期一上午，開始工作前，袁實恩先到公司的餐廳吃早餐，他走進公司後，就特意向右轉，到茶水間泡了一杯咖啡，接著走到員工餐廳去。他之前從未這樣做過，他總是左轉直接到座位去打開電腦，但這次他要向前看得更遠。

餐廳裡都是人，袁實恩快速搜索一陣，發現了一個女孩，穿著白上衣、藍色牛仔短裙，身材偏瘦，有兩隻細長的腿。第一次交談，他沒辦法跟她講太多話，只是走過去問了一聲，妳是哪個部門的？她低聲跟袁實恩說：「研究部門。」然後他們攀談了兩分鐘，袁實恩知道她的名字叫芬妮，對行銷部門有憧憬卻遲遲沒有機會轉任，接著他把自己的名字跟電話，非常老派地用黑色墨水的原子筆寫在餐巾紙上，他跟芬妮說，週六有一場代言人的粉絲見面會，是我負責的品牌活動，有時間的話，妳可以來參加。

＋

後面的日子，袁實恩與芬妮，不只是週末，他們在平日也開始見面。剛開始時，袁實恩沒有立刻展開追求攻勢，但對戀情的態度已經比往常積極許多，他關心最新上映的電影，練習提出單獨赴約的要求，約會前，他會提早出門，特意去洗車場一趟，把車子洗得亮亮的。他盡可能地用行動表明態度，訂花，接送，買禮物，不讓女生有機會說出：「我們還是當朋友比較合適。」這樣的語句。

不只如此，袁實恩也為這場戀情，如產品上市的行銷計畫一般，訂定了確切時程，他寫了一份簡報，標題為二〇一三，存在電腦桌面。

頻繁見面了一個月後，時程表便往前推進到下一步。一天晚上，袁實恩鼓起勇氣，到芬妮家的那棟大樓，跟警衛打了招呼，上了電梯在門口等她。芬妮出來的時候，袁實恩擋住路，扶著對方的腰，要她再轉身進去家門。

「這是做什麼？」芬妮問，袁實恩不說話，只跟在她後面走，兩人貼得很近。然後他看著她，把她推在玄關的轉角牆上吻她，芬妮輕輕地說：「你這個人……。」她沒有抗拒，芬妮回吻了袁實恩，那個吻有答應的成分，因為袁實恩感覺到她的手，悄悄滑過了他的下半身。

他們正式交往了。簡報的第一欄上了綠色的底色，標上黑色的勾勾。

三個月過去，他們還沒有做愛。報表的某一格為黃色底色，三角形標示。袁實恩一邊吻她，一邊隔著衣服撫摸她的身體。他盡可能溫柔地撫摸她的身體，同時也盡可能地說服自己再往前一步。

情況變得有點奇怪，每次約會結束，袁實恩送芬妮回家後，上床睡覺前，他都在浴室裡自慰，有時甚至做了兩次，袁實恩手淫的時候，心裡並沒有想著芬妮，他覺得一邊做那事，一邊想著她很不好意思。

鄭安然父親過世的那一天，是星期二，她正在距離醫院的一個街角外的飲料店買布丁奶茶。電話響起來，她捏著號碼牌走到旁邊接，是護理站打來的。

「二十三號，布丁奶茶，大杯半糖哪一位？」她說不出話，感覺喉嚨被刀割斷。

把父親的大體送進殯儀館的冰櫃後，回家時已經是深夜，鄭安然一言不發地走到浴室，用熱水淋浴，水溫很高，使她的大腿發了蕁麻疹。她的記憶變得很片段，安欣說了什麼話，母親有沒有流眼淚，她都不太記得。

她一直都是那個要接受任務，使命必達的孩子。父親火化那一天，棺材推進火化場，轟地一聲，她感到解脫。

接下來的幾個月，鄭安然突然病得很厲害，每天她都覺得疲倦不堪，隨時隨地想躺下來，精神不濟，消化不良，只要待在家裡的時候，她都穿著內褲跟大號的T恤。母親說，爸爸已經走了，妳也要放下，還有，妳都長這麼大了，少吃一點巧克力蛋糕跟奶昔，吃那麼甜對胃不好。

對於這點，張向誠倒是很寬容，「妳喜歡吃的就多吃一點。」他每天會在固定時間打電話，詢問鄭安然晚餐想要吃什麼，接著騎車帶她在夜裡出門走走。除了鄭安然過度的懶散疲憊以外，他們的生活就跟一對再平常不過的新婚夫妻一

樣：出門看電影，去簡單的牛排館吃飯；早上量體重，鄭安然驚覺自己胖了好幾公斤，才發現張向誠偷偷站在後方，用他的腳趾壓著體重機，增加了重量；晚上睡前，他們相互擁抱互道晚安。儘管他們住的房子是租的，只有一個房間，廁所小得容不下兩個人同時在裡面。

張向誠的工作賺不了很多錢，買家電時還為了可以選擇六個月的無息分期付款，辦了新的信用卡。這點鄭安然的母親曾經有點微詞，她說：「妳怎麼替妹妹安排了好老公，自己卻沒有想好呢？」

有時候鄭安然會想，她是故意選擇了一個與父親那麼不同的男人，讓她不用活在時時奮發向上、膽戰心驚的人生裡，她安排得很好。

月經停了三個月後，鄭安然才發現自己懷孕了。

　　　✛

某個週三晚上，阿虎打電話來，神祕兮兮地說：「我這週在香港出差，這星期五晚上不在，要去朋友家打牌。你跟芬妮要不要來我的酒店住？」

「我沒事幹嘛去你的酒店住？」

「趁朋友不在酒店時，跑去他的房間打炮……。」阿虎用一種狡猾的口氣

說：「特別有情趣啊。」

星期四，袁實恩跟芬妮說起這件事，「要不要去文華酒店住一晚？聽說那家
的早餐很好吃。」

芬妮說好。

這些日子，跟芬妮在一起時，吃飯，散步，談天，令袁實恩感到平靜。儘管
世界正陷入混亂的局面，波士頓馬拉松的爆炸案，被視為恐怖攻擊，在不清楚此
次爆炸事件的肇事者之前，幾個大城市的機場宣布提高警戒層級，NBA球賽與
交響樂團的表演也紛紛取消。但同一時間，這個世界對袁實恩有了一些善意，他
的生活不再只是被重複與失望填滿，他不再感覺無人認領。

交往滿四個月。

那天和芬妮說好要去飯店過夜之後，每過一分鐘都讓袁實恩更焦慮。袁實恩
盯著桌面上的簡報，他渴望做愛，也想要做對，但面對芬妮時，卻有種中學生要
面臨期中考的感覺。

雖然袁實恩不常喝酒，但他還是仿照電影裡面演的那樣，為浪漫情節做好準備。他去賣場買了一瓶香檳，一些沙拉和麵包，跟一張有浪漫封面的音樂CD（阿虎說過，正確的食物搭配正確的音樂，命中率百分之百）。

週五下班後，他們沒有真的抵達飯店房間，就做了。

在車裡親熱時，袁實恩第一次觸摸到芬妮溼軟的身體，看著她爬到後座，脫下洋裝，半透明的黑色絲襪，露出特別挑選過的、蕾絲的胸罩。當芬妮張開大腿時，一股熱氣跟寒意，同時在他身體裡拉鋸，袁實恩停了下來，與芬妮對看，沒有人講話，氣氛很尷尬，她臉漲得紅紅的。

「你不想嗎？」芬妮怯懦地問。

「我想。」袁實恩好像說了實話，又說了謊話，他像機器人一般，短暫當機，開關重啟後又迅速動作起來。

那天晚上，扣除掉車裡的一次，他們在阿虎的客房裡，乾淨的沙發跟床單上，又做了兩次。

事後，回想起這一段，芬妮發出的聲音，她主動的態度，激烈搖動的身體，

袁實恩感覺自己像個牛郎。這個想法很糟糕，所以他告訴自己不應該這樣想。

「她是我的女朋友，我是她的男朋友。」

二〇一三的計畫來到了重要的里程碑，下一步，他必須毫無保留地愛著對方。

✝

十二月，鄭安然出現在香港辦公室。

她挺著一個大肚子走進會議室，同事紛紛向她恭喜，問候聲此起彼落，袁實恩倉皇地站了起來，替她拉椅子。

「不麻煩，不麻煩。」她說，帶著一個淺淺的笑容，她還是一樣，不好意思的時候，會把詞彙重複說兩次。

「好久不見。」鄭安然對袁實恩說，「你都沒變。」

袁實恩讓了一個中間的位子給她坐，還特地喬了一個角度，他團團轉地忙著張羅投影機，給她切了一小塊蛋糕，替她倒水喝。

「欸，今天這個會，你是重點人物，我只是來旁聽的啊。」鄭安然看他一

眼，低聲道。

聽了這話，袁實恩才安分地坐到對面去。

中間發生了什麼，都不太重要了，會議結束時，鄭安然站起來，突然破了水。

「還不能生啊。」

「太早了。」她說，一臉疑惑，表情像個解不開數學題目的小學生，「現在的神情，好像面對著千軍萬馬，獨自一人要上戰場。

袁實恩叫了場車，讓鄭安然坐在車子的後座，帶她去醫院，她的側臉有種堅毅

香港島下了場細雨，她的髮絲有幾根是溼的，微微彎了起來。醫院到了，他抱著她上輪椅，她的裙子有一塊是溼潤的，透著淡淡的粉紅色，沾到他的前臂，她難堪地想遮蓋住。

袁實恩握著她的手，他替她填寫初診資料，心裡很害怕。

護理人員說他不是親屬，不能跟著進產房。

「可是她聽不懂廣東話。」他說。

「這是規定。」護理人員說。

「她只有一個人在這裡，沒有家人，她聽不懂廣東話。」袁實恩又重複說了一次。

護理人員很凶：「聽不懂廣東話的是你。」

✝

孩子生下來了，沒有哭聲。非常炎熱的下午，最後一場的賽馬跑完了，醫生說孩子的狀況不好，週數太小，身軀小小的嬰孩全身都插滿管子，躺在保溫箱裡，他隔著玻璃湊過去看，額頭很皺，眉頭以上有一片紫色的斑塊。

接著是鄭安然被推了出來，昏昏沉沉，她眼角有淚，他拿了口袋裡的手帕替她擦。

「先生，請通知她的家人，請他們趕過來，越快越好。」醫師壓低嗓子說，「後面可能有更壞的消息。」

她堅持寶寶有睜開眼，然後又緩緩閉上。

「有睜開眼睛就是活著的吧？」她問。

他點點頭，「是活著的。」他說。

那是袁實恩第一次打電話給她的丈夫。

「為什麼會這樣？跌倒了嗎？被什麼東西撞了嗎？怎麼會發生這樣的事情？我就叫她不要出差，她不聽……。」

電話上的丈夫問了很多問題，袁實恩普通話不好，雖然聽得懂問題，但回答得很吃力。

護理師來了，替鄭安然檢查子宮的收縮狀況，在病房裡陪伴的袁實恩趕緊轉身背對著他們。

「你去買一些產褥墊，知道是什麼嗎？接惡露用的。」護理師說。

她醒來了，帶著痛楚，支著身體坐得斜斜的，「別讓他去買，他只是來幫忙的，我，我可以自己想辦法。」

護理師突然笑起來，先是一個護理師開始笑，接下來是兩個。

「笑什麼?」他有點不高興。

護理師說:「她,明明聽得懂廣東話啊。」

「聽得懂少少的。」她對著護理師微微笑了一下,接著用廣東話回答:「少少。」

在場的女人都笑了,好像很輕鬆愉快的樣子,但袁實恩不知道為什麼覺得好生氣。

沒多久鄭安然又昏沉睡去,他去買了產褥墊,還有一些產後的用品。

他一下子買了很多,結帳時雙手幾乎沒辦法拿,只好用嘴巴接著信用卡。

他被婦嬰用品的店員笑著問:「先生,這家醫院裡,你究竟是有幾個老婆生孩子啊?」

第九章

二〇一四年

一臺載有二百三十九人的馬來西亞航空三七〇號航班，離開吉隆坡國際機場，兩小時後，飛機從雷達中消失，就此失聯。儘管多國提供協助，在空中及海面進行搜查，但並未找到失聯客機任何殘骸與罹難者屍體，過程中，馬方提供的信息前後矛盾，導致搜索地點不斷變化，一無所獲。

記者會上，馬來西亞首相納吉推測該起事故屬人為造成，通訊系統被有意切斷，包含正副機師、乘務員、乘客皆被列為調查對象。

同年七月，另一架馬航 MH17 號航班，在俄國與烏克蘭邊境一萬米高空，被導彈擊落墜毀，機上二百八十三位乘客和十五位機組成員全數罹難，該次空難是二十一世紀以來死亡人數最多的空難。

這一年，對很多人來說，都帶著一股隱隱約約的，不明墜落後的不祥感受。

鄭安然醒來時，張向誠已經在病床邊，他帶著一張幾乎要哭出來的臉，泛紅的手指裡捏著幾張文件，看起來很弱小。

「小孩呢？」鄭安然問。

「在加護病房，你同事，那個男同事說，醫生建議要轉去大一點的專門醫院，照顧早產兒的……。」

鄭安然把沉重的身體支撐起來，示意要拿手機，張向誠從她的包包裡找出手機遞上。她按了號碼，電話鈴聲在門外響起，袁實恩走了進來。

穿著灰色襯衫的他，臉上冒出短短的鬍渣，袁實恩拿著鈴響的手機看向她，抿著嘴，喉結動了一下，但沒有說話。

這一幕，鄭安然記得很清楚。

他們三人在一間病房裡。

張向誠是孩子的父親，袁實恩是她愛過的男人。

這個男人在花蓮時，吻她的時候，穿了同樣的一件衣服，臉上也帶著鬍渣。

張向誠收到護理站的通知，去樓下的櫃檯辦轉院手續。袁實恩讓鄭安然蓋上外套，坐上輪椅，推著她去看嬰兒。隔著玻璃窗，嬰兒躺在保溫箱的中間，戴一頂白色的帽子，全身光溜溜地，沒有穿衣服，胸口與臉部都插著幾根管線，連到不同的地方，他們隔著遠遠地看。

鄭安然沉默著，理智與驚慌止住了眼淚，她轉過頭，卻看見袁實恩也紅著眼眶。

病房裡，稍晚一點時，芬妮也來了。

「妳好。」鄭安然對她點點頭。

「妳好。」

她看著芬妮，芬妮也怯怯地看著她。這是兩人第一次見面。

鄭安然看向袁實恩道：「謝謝你們的幫忙，這次麻煩你們這麼多，真不好意思，天都晚了，快回去吧。」

袁實恩找不到繼續留下的理由，他與芬妮兩人離開後，整個房間安靜下來，鄭安然有股想哭的衝動，壓抑不住，她便讓自己哭了一陣子。

鄭安然壓住自己的眼睛，說了請進，穿著灰色襯衫的袁實恩，拿了一盒披薩進來。

接著有人敲門，

「我在想，你們等等有空，可以吃點東西……。」

「芬妮呢？」

「她在樓下等。」

這時恰巧，張向誠也走進病房，他灰頭土臉，手上拿了許多收據單子，見了披薩，立刻露出放鬆的笑容。

「喔，這個我一看就流口水了，欸，大家都來吃，你也吃一點。」他打開披薩的盒子，順手撕了一塊遞給袁實恩。

鄭安然想阻止張向誠的邀請，但袁實恩立刻拉了一張牆角的板凳，坐下拿了披薩，三人就這麼圍著一圈，吃了起來。

一邊咀嚼食物時，張向誠開口：「醫生說，順利的話，明天下午就可以轉院，我們坐救護車過去。」

鄭安然點點頭。

袁實恩接話：「那我明天也來幫忙。」

此時，鄭安然與張向誠同時開口——

鄭安然說：「可是你明天不是要上班嗎？」

張向誠說：「那這樣就太謝謝你了。」

袁實恩露出微笑，他選擇性地向張向誠點點頭，暗中在心裡感謝這位丈夫的單純與大方，願意接受一個陌生男性友人的幫助，若是角色互換，他或許做不到。

拿起遙控器，張向誠打開體育臺，NBA的賽季打到一半，他興致盎然地觀看著一個球員衝向籃下，閃過三個防守球員，順利得分。

「這就是動物性直覺，」張向誠說：「他根本沒有想就知道怎麼做，他根本

不用想就做了最好的選擇。」

「你說什麼？」鄭安然問。

「人沒有動物性直覺是當不了ＮＢＡ球員的。」張向誠直接給了結論：「妳以為球員是聽了誰的意見，還是想起哪個數據才知道要怎麼跑的嗎？他只憑當下的感覺，好帥啊……。」

說完這段話，張向誠又熱情地遞過來一塊披薩，袁實恩把袋子裡的汽水瓶打開，裝到紙杯中，鄭安然挑掉鳳梨說不想吃，全都丟到張向誠嘴裡去。外頭的霓虹招牌，映在窗簾上閃爍。若去掉醫院的白牆、扶手，與消毒水味道，彷彿只是一群平凡的朋友聚餐。

袁實恩吃著吃著，直到把殘留的盒子與飲料瓶收到袋子時，才想起芬妮已經在樓下，獨自等了三十分鐘。

✝

人是一種奇特的動物，有很多事，往往得等到事後回想起來，才能感到其驚險之處。

鄭安然不知道，她進了醫院的門後，就因為大量失血昏死過去，當時袁實恩抱著她，在急診室大廳喊了救命，那時的袁實恩很絕望，慌忙時踩到了地上羊水與血水的混和液體，重重跌倒在地，摔斷了兩根肋骨，但他拒絕進一步的檢查。

而袁實恩本不知道，鄭安然肚裡原有兩個孩子，是一對雙胞胎，後來一個在胎盤剝離時死去，另一個透過緊急剖腹，才勉強活了下來。她在手術房裡待了十四個小時，兩個嬰兒經歷了五次電擊。當醫師步出手術室，表示必須放棄搶救其中一個時，袁實恩的眼前一黑，耳朵嗡嗡作響。

張向誠步入醫院時，也是一臉茫然，他不知道的事情很多，但他習慣過去的事情便不去多想。十分鐘前，他與袁實恩從婦產科的加護病房，移動到小兒加護病房，兩人站在玻璃前面。

一位醫師走過來，向他說明後，張向誠分別在一張出生證明書與一張死亡證明書上簽了字。

袁實恩說：「我很遺憾。」

張向誠搖搖頭，他嘆了一口氣，「至少簽的不是安然的死亡證明書。我們還有一個寶寶，這樣的結果，已經很好了。」

轉院後，鄭安然活下來的孩子，住了八十五天的加護病房。

保溫箱中嬰兒的身體好小，皮膚也薄薄透著光，彷彿裝在量杯裡的果凍。

白色的牆壁，窗外是異地。

出院結帳時，需要支付的金額龐大，張向誠坐在冷硬的藍色塑膠椅上，打電話詢問保險公司，他在筆記本上胡亂寫下了一些應注意事項，表情看起來很疑惑，而袁實恩趁張向誠沒注意，用粵語跟櫃檯說，請將費用拆成兩張，自己付了一部分的錢。

將母子安定下來後，張向誠因為工作，選擇週間時回臺北，週末再搭機來香港。

鄭安然的母親提議來香港照顧女兒，被鄭安然拒絕了。

「我沒事，是孩子還需要住院觀察，要做的事情也不多，我可以自己來。」鄭安然說。

她需要找個地方住，袁實恩替她在醫院附近，找了一間九坪的小套房。

星期一到五，上班前與下班後，袁實恩就會過來看看她。

日子很安靜，他們一起吃早餐，一起吃晚餐。那幾十天，袁實恩像個月嫂，忙著替產婦坐月子，鄭安然吃遍了香港小攤的魚蛋、燒賣、煲湯、三明治、奶茶、叉燒包。

得空時，袁實恩連午餐時間，都送飯盒來。

週六與週日，當張向誠來訪時，袁實恩就如人像後面模糊的背景一般，緩緩淡出，他會去醫院看看孩子，偶爾還參加一些新生兒照護的講座，自我學習。那些講座裡，袁實恩總是坐在最後面，認真抄筆記。有一次，主題談到產後夫妻的性生活如何順利進行，主講人要大家舉手，談談自己遭遇的經驗。「別害羞，我們都是同艘船上的男人。」主講人笑著表示，並且鼓勵聽眾發言，聽眾彼此對看，露出心照不宣的笑容。主講人又問：「還是我點人回答？」

袁實恩立刻站起來，從後門逃走。

星期一到五，是袁實恩，星期六跟日，是張向誠，這樣一分為二的生活，鄭安然當然覺得有點奇怪，可是她已經無力去思考。當下她只有兩個選擇：一，好好守住貞節牌坊，跟袁實恩說清楚，請他離開，自己獨力照顧新生兒。二，接受所有的好意，不除任何一個人，不去多做揣測。

她以為自己會為此掙扎很久，但其實沒有，當了母親之後，她不能只以自己的角度想，需要把嬰兒的福祉也算進來。日復一日，她打開門，報以微笑，讓男人提著大包小包的食物與日常用品走進來，加熱，冷藏，清潔，收納。她在小小的房間裡擠奶，偷一點時間閉上眼睛休息。她想著，與其把袁實恩當作一個別有居心的男人，不如把他看成老天爺派下凡的天使或是駐守在香港的神。

舉個例子。有次他們一同出門，遇到一個阿伯牽著一隻瘋狗，不知道是不是瘋狗看見鄭安然袋中的食物，奮力掙脫了狗鍊，直直地向她衝過來，袁實恩一把抓住那狗，狗狠狠咬了他一口，袁實恩迅速朝牠的鼻子打了一拳，狗嗚嗚叫了兩聲跑了。

那時鄭安然知道自己需要袁實恩，大狗出現的時候，她不能依靠另一個在海的另一邊，只能在假日搭機入境的男人。

一個週三傍晚，袁實恩提早下班，他在房門外按了電鈴，穿著大件白襯衫的鄭安然開了門。吃過晚飯後，她斜躺在沙發上。他看著她身上的毯子，是摩卡咖啡的顏色。天暗了，袁實恩把一盞立燈打開。

「好安靜，」鄭安然說：「香港什麼時候變得這麼安靜？」

幾個小時後，窗外下起傾盆大雨，百葉窗很老舊，感覺雨水隨時要傷害這棟房子。

袁實恩看著鄭安然，看著她的右手塞在自己的頭髮下方，她翻著雜誌，呼吸的聲音淺淺的。

如果重新來一次，他第一次就不會讓她離開，他會在雪梨動物園，抱完無尾熊後就找她吃晚餐；他會在上海拍廣告時，坐在她身旁輕輕搭著她肩膀；他應該在花蓮時就繼續那個吻，順勢進去房間裡。如果重新來一次，他會把這些機會把握住，拋開那些顧慮、禮貌和等待，他會一次就做好。

「你在想什麼？」鄭安然問。

「沒有。」事實上，袁實恩想像著他們做愛，然後抱在一起睡著。如果可以的話。

鄭安然去房間擠奶，準備送去醫院，他趁這個時間煮了咖啡，也倒了一杯熱牛奶給她。

「咖啡需要奶精的話，這裡有人奶提供。」鄭安然靠在門上搖了搖奶瓶，她說完這個玩笑，立刻懊惱地抓抓眉毛，有點後悔的樣子。

「加護病房的探訪時間還沒到，不如妳睡一下吧，等等我會叫妳。」袁實恩說。

鄭安然睡了。

叫醒她之前，他站在臥房的門邊看著她。

如果鄭安然屬於他，袁實恩就可以坐在床邊，輕輕撥開她臉上的頭髮。

鄭安然緩緩睜開眼睛，坐起身來，她的眼神很迷糊，一邊的側臉都是睡痕。

如果鄭安然屬於他，袁實恩就可以吻她的額頭，或許她會靠在他的胸口，再睡一會兒。

但現實的世界裡，袁實恩對她說：「探病的時間到了，走吧。」

愛著別人的女人，只能一臉無事，故作輕鬆。

✚

鄭安然在收拾房間，靠在黑色的書櫃旁，她仔細地點算鈔票，把房租放進一個米黃色牛皮信封裡。

港幣的樣式，似乎是幾家銀行在不同的時期設計的。鄭安然偏著頭看，覺得有點意思，有維多利亞港的景色，灣仔的展覽館大樓，還有一些表情很嚴肅的動物，是龍嗎？還是獅子？

袁實恩從後陽臺走出來，拎著兩個黑色的垃圾袋，準備拿下樓，「還有其他需要丟的嗎？」

鄭安然搖搖頭，她望著單人椅，接著環顧四周，一房一廳都乾乾淨淨的，只有一個靠近門邊的角落，有兩個大型行李箱，像剛搬進來的第一天。

晴天，她坐在袁實恩的車子後座，身旁是一個提籃，裝著剛剛從醫院接出來的嬰孩，鄭安然將信封塞給袁實恩。

「這是什麼？」袁實恩問。

「房租，食物，還有小朋友辦護照、買東西的錢。都不知道要怎麼謝謝你。」

「妳拿回去。」袁實恩坐在駕駛座，眼睛直視前方，只把拿著信封的手勉強地拉到後座，「我不收這個。」

「你不能不收。」鄭安然說。

「咦？」鄭安然叫了一聲。

「怎麼了？」

「哎，我給錯了信封，這裡面裝的是我的護照……。」

鄭安然趕緊在包包裡翻找，又拿出了另一個米黃色袋子，「這個才對。」

從後照鏡，她看見袁實恩笑了，「欸，不好意思。」

「唔好意思。」鄭安然又用粵語再說了一次。

在晃動中，米黃色的信封打開了，掉出了護照。

袁實恩搖著頭，「早知道就把妳的護照扣了，讓妳跟寶寶留在香港好了。」

孩子發出咿咿呀呀的聲音，彷彿也在回應著。

鄭安然跟著放鬆地笑起來，她揉著頭髮，透過後照鏡對著袁實恩說：「我對未來想過很多事情，但真的沒想過，會這樣跟你一起，生一個孩子。」

╬

看見張向誠從對面來了，代表鄭安然要走了。

在機場，他們夫妻倆，抱著一個小嬰兒，張向誠用牙齒咬著護照，中午他才獨身從臺北飛過來，接著就要帶著妻小回臺北。

在登機櫃檯旁，鄭安然拿了一個袋子給袁實恩。

「不知道你缺什麼，有次在街上看到這款毛衣，感覺很適合你，三個顏色我都買了。」

「朋友一場，不用這麼客氣。」袁實恩說。

張向誠沒頭沒腦地問：「這裡的廁所在哪裡？」

「那裡。」鄭安然指了一個方向，但張向誠還是瞇著眼睛，他疑惑地問：「哪裡？」

袁實恩帶著他去洗手間，一路上，張向誠都在打哈欠。

「很累嗎？昨天沒睡好？」

「是啊，都沒睡。」

「是不是突然想到要帶著小孩回家了，所以睜著眼睛到天亮？」

張向誠搖搖頭，他給了一個很奇異的答案，「不是因為這個，是馬航啊，半夜摔了一架飛機，你知道嗎？昨夜我看了好久的新聞，看到早上都沒睡覺⋯⋯。」

張向誠睡眼惺忪，袁實恩實在看不出來，這個男人能不能好好照顧鄭安然和孩子。

「在臺灣，你們找好保姆了嗎？」

「回去再看看吧，遇到這種事情，只能邊走邊打算⋯⋯。」

在小便斗自動沖水的時候，張向誠走向洗手檯，他用水潑了自己的臉，突然

轉頭對著袁實恩說：「忘了跟你說，再給我幾天，之前醫院的錢，我會還你。」

「你是我見過最好的人，在那之前，我都以為香港人很冷漠。」

見袁實恩愣在原地，張向誠抱了他的肩膀一下。

「謝謝你，我都跟安然說，小孩應該要認你作乾爹的。」

第十章　二〇一五年

夏日明朗的夜晚，一座水上樂園舉辦了彩色派對，發生離奇的火災案件。

據了解，起火原因為派對中的工讀生，將彩粉噴向舞臺時，卻被燈泡引燃。火災發生前，派對活動現場已使用三公噸的彩粉，因此舞池區地上已堆積厚重的粉塵，達到可燃濃度，恰巧遇上燈泡高溫表面引燃，紅色火光向上飄出，火光便瞬間引燃。

一開始，原只是小範圍著火，但工作人員使用二氧化碳滅火器，卻反把大範圍已沉澱的粉塵攪動起來。噴射氣流揚起彩粉，滅火反成了助火，令零星火頭演變成一片火海。

教人遺憾的是，由於派對現場的群眾幾乎皆身著泳裝且赤腳，以至於全身上下都暴露在火焰中，四百九十九位傷者中，有二百八十一位的傷患，達到百分之四十以上的燒燙傷面積。

怎麼就這麼像個來自地獄的玩笑呢？

烈火燒起來的時候，人們正好近乎赤裸，只穿著泳衣。

照顧早產兒，並不容易。

一開始，鄭安然的孩子檢查出有腦傷。

「腦出血第三度，出血點在腦室內，腦脊髓液增加過多，造成了腦部腫脹，可能會損傷一些腦神經組織。」醫生指著一張X光的片子說明著，鄭安然來不及聽清楚所有的字，只聽見好幾個「腦腦腦」的相關字句不斷重複著。

醫生說，到了這個時候，救與不救都有代價，不救，胎兒會立即因水腦而死亡，救了，也可能出現影響終生的併發症，嚴重的話，孩子會癱瘓，即使是最好的狀況，孩子也還是可能無法像正常人那樣長大、行走、言語，甚至前幾年，光是進食都是挑戰。

鄭安然望向保溫箱的嬰兒，他的身體水腫，眼睛被白色的紗布蒙住，看不出表情。「請救他。」鄭安然說，「我希望能救他。」醫師望向張向誠，他也在一旁著急地點著頭。

那些日子，鄭安然活著，只看三天的份量，昨天今天跟明天。她強迫自己不回頭反省當初導致早產的原因，也不去想未來三到五年的事情。兩個多月後，奇蹟出現了，孩子的腦部超音波顯示，血塊逐漸被組織吸收，孩子的眼睛睜開，聽

到叫喚，也會轉頭，試圖伸手抓住鄭安然的手指。

接著他們回到臺灣，問題開始往下走，從腦部轉移至腹腔，四個月的時候，小孩發燒了好幾天，奶也餵不進去，送到急診時，醫生懷疑是細菌感染，造成腸子發炎壞死，肛門糜爛，分好幾次的手術，切掉了五十公分的小腸，做肛門造口，才不到半歲的嬰兒，開腸剖肚，小命才保住。

為了這個，鄭安然又多請了六個月的育嬰假，躲過了第一波公司公布的裁員名單，她的主管約了她吃飯，她給出承諾，等到半年後，時間到了，她會準時銷假回來上班。

與主管的晚餐結束後，鄭安然拖著疲憊的身體，脹著石頭般堅硬的乳房，在雨中漫無目的地走了一陣子，回到家裡時，已經是晚上十點鐘。

一打開大門，張向誠就著急地問：「妳看過今天的晚上新聞了嗎？」

鄭安然搖搖頭，她直接走進臥房裡，看了一眼熟睡的孩子，接著無力地癱在床上，解開上衣，準備擠奶。電動幫浦發出規律的機械聲響。

「有你們公司的新聞，仙人跳，鬧得好大，一個女生可以騙那麼多人錢，也

真的是很誇張……」張向誠絮絮叨叨地說著，好像在跟自己說話：「晚上家裡的電話響了好幾次，有不認識的人打來，妳妹妹也有打來，連爸爸媽媽都打來問，這件事安然知道嗎？她知道多少，有沒有牽扯在裡面……」

見鄭安然沒有反應，張向誠問：「妳很累嗎？還是身體不舒服？妳看起來臉色不好，要不要去給醫生看一下？」

「明天再說吧。」

「所以這件事，妳什麼都不知道嗎？」張向誠又問了一次。

「我不曉得你在說哪一件事。」鄭安然裸著上身，胸前蓋著兩個透明的塑膠罩子，連接著一臺吸奶器，奶水透過乳頭，一束一束地噴入奶瓶中，她既疲憊又困惑。

「沒事，沒事，那妳還是休息吧。」張向誠把燈調暗，悄悄地走出房間。

過了一會兒，她感覺舒服多了，走進客廳，見張向誠還坐在電視前面，「你剛剛說什麼新聞？」

「就是有個女的，利用自己的美色，在你們公司騙了幾個高級主管上床，

再跟對方勒索，若不成，她就控告性騷擾，得手了好幾億，聽說公司在協調過程中，也有出封口費試著擺平，後來她還找上政治人物，好像是一個立法委員的樣子……」張向誠拿著遙控器，在各臺轉來轉去，他停了下來，指著電視說：「還有這個，這個人不就是妳以前的老闆嗎？他老婆以前是電視主播，現在出來開記者會講，當初她先生也是為了這個女的才上吊自殺，現在公司代表出來做聲明，極力否認，說這件事與他們無關，完全是員工的個人行為，什麼無法干涉私人領域……。」

「什麼？」鄭安然不可置信地瞇起眼睛，她站得非常近，幾乎是靠在電視前，看著新聞報導。

新聞出現了辦公室大樓，與大老闆當時的喪禮畫面，她想起那個在公司樓下逢人便問的太太，幾年過去，她的頭髮剪短了，面容變得蒼老，「這些事我放不下，想到我的先生被一個女人設計害死，就像噩夢一樣，糾纏著我……」。

張向誠低下頭來，他想了十秒鐘才開口：「晚上有媒體打電話來，影射這個女的是妳……。」

「我？」

「從停車場、飯店，還有餐廳，有幾個監視器畫面流出，那個女的樣子，長得有點像妳，還有一些不知道哪來的線索跟證據，一直有人爆料……。」

鄭安然壓著鼻梁，不可置信地瞪著電視，不說一句話。一陣子後，她想起什麼似地，忽然開口：「你剛說安欣有打電話來？」

張向誠點點頭，他補充道：「他們一直打來，問妳的事，小孩都被吵得不能睡，我只好把電話線拔掉了，我什麼都不知道，根本想不出來要跟媒體說什麼……。」

他說完這段話，看著鄭安然的臉，她一臉茫然，像是山間轉彎處，被疾行的車燈照到的小動物。

鄭安然打電話給妹妹，安欣很快地把新聞的內容跟她說了一遍，其中包括了媒體暗示鄭安然多年來，仗著自己的年輕與美貌，以一個小職員的身分，扮演雙面性格，做出居心回測的行為，勾引，性行為，勒索，獲取金錢。「我相信妳，不過這陣子，妳要保護自己，不要多做回應。」掛上電話前，安欣再次強調：「姊，怎麼樣我都信妳。」

夜深了，鄭安然看了一陣子電視，接著走到房間去，她輕輕地推開房門，張

向誠背對著她，坐在書桌前，一言不發。走近一點時，鄭安然發現他愣愣地盯著全家福的相框。

「欸，」張向誠轉過身來，他的眼眶充滿血絲，看著鄭安然，「那些事是真的嗎？妳直接跟我講沒關係，妳就直接講⋯⋯。」

在嬰兒床裡的孩子咿咿呀呀地低聲哭了。

「當然不是真的。」就在她以為人生不能再更狼狽的時候，居然發生了這樣的事。鄭安然把嬌小身軀的嬰兒抱起來，她想起明天一早，要帶他回診做早產兒發展評估。

「可是妳為什麼會在那些監視器畫面裡？」

「我不知道為什麼會這樣，但你要相信我，難道你也覺得那是我嗎？」

孩子再度睡去，鄭安然試圖觸碰張向誠的肩膀，被他躲開了。

✚

得知新聞內容後，袁實恩急得像熱鍋上的螞蟻。

他打電話給鄭安然，對方沒接。他打給小語，第三次的時候，小語接了。電話線上，是長達半分鐘的沉默。

「主動打電話的人，應該要負責先說話吧。」小語淡然地說。

袁實恩吐了一口氣，他環顧自己所在的位置，他的臥室總是保持著一個幾乎完美的狀態，衣服很少，鞋子只有三雙，他讓自己的生活中，所有的東西都有自己的定位與用處，以他能理解的方式排列整齊。他喜歡簡單而安全的人生，簡單安全的人生也喜歡他。

袁實恩不說話，他思量著打這通電話，或許有些衝動了。

「我們現在在幹嘛？」小語問。

「我看了新聞，」袁實恩乾燥的喉嚨，勉強擠出幾個字⋯「那是妳對嗎？新聞畫面，監視器拍到的人，我看了好幾次，是妳吧？」

「你為什麼要關心這個呢？」

「我只是覺得，現在媒體全追著鄭安然跑，這樣不對，妳應該⋯⋯應該⋯⋯」

「這些事情應該還是不應該，都是我跟安然之間的事。」小語冷冷地回答，

「必要的話，我會去跟安然解釋。」

「喔。」

接著陷入一段沉默。

「妳為什麼……。」

「那你又為什麼?」小語的聲音既冷淡又帶著不耐，她接著說：「袁實恩，你跟安然的事，這麼久了，你想替她做點什麼就去做，一大早打電話給我，有什麼用呢?」

小語說完這句話後，就掛了電話。

✛

小語的全名，叫做羅語凡。至少她自己是這樣記得的。

初步入職場的時候，她沿用小時候，依照中文名取的英文名字，叫伊凡，後來一場不太好的戀愛，讓她不想再使用這個名字，便改成一個與中文名毫不相關

的英文名，叫做艾莉。

工作上，她發現自己的能力有限，與那些名校畢業的學生，或是從國外回來，隨口都能嘰嘰喳喳說一大套英文的同事，都無法競爭。一開始小語感到很無助，做了許多補強的工作，但很多事情，並非一蹴可幾。

小語從小就沒有父親。從出生後，她就和母親與外婆住在一起。「雖然沒有爸爸，但是我跟外婆都用加倍的愛，在愛著妳喔，所以那些外面的閒言閒語，都不用去聽。」母親總是這樣說，她很早就對男人失去了所謂的信心，也刻意去忽略小語因為父親形象的缺乏，所造成的匱乏。

那一場不太好的戀愛，算是小語第一次全心投入的感情。對方是辦公室裡的業務主管，四十二歲的男人，或許是天天晨跑的關係，看起來只有三十出頭，他的容貌斯文，正在協議離婚，戴著一副價格昂貴的金屬框眼鏡，皮膚幾乎沒有毛細孔。小語一開始就處於弱勢，實際年齡上，她跟他相差了二十歲，心智上，或許更多。

那時候的小語才剛大學畢業，生活中只有單純的工作與吃喝，遇見男人時，她才開始有下班後的休閒活動，男人帶她去一些高級的餐廳，有時喝點酒，接著

　　　　　　　　　　　　　　　　　　　　安然與實恩

再去飯店。做愛後男人會藉故離開，從不留下來過夜，但小語總是會在房間裡待下來，她打開電視與浴缸的熱水，把尚未喝完的酒，倒入高腳杯，在煙霧繚繞的蒸氣中，享受她從未有過的待遇，被男人特別照顧的奢華人生。

後來，那一場戀愛，持續一年後，開始往壞的地方去。

第一次懷孕是交往後的第五個月，她發現得太晚，過了可以吃藥處理的時間點，男人帶著她去做了子宮刮除的墮胎手術。小語從這個經驗學到，無論如何都要持續地使用避孕藥，但是，在那之後的半年，她又懷孕了。

男人很不高興，他斷言小語要不是很蠢，不懂得如何正確的避孕，就是她還另有其他的對象。「每次我都戴了保險套，從頭到尾都沒有拿下來，這筆帳我是不會認的。」小語哭個不停，儘管她氣得全身都在發抖，她仍然放下尊嚴，乞求男人留下來，男人冷冷地說：「我們不該再見面。」接著關了門，留下小語一個人。

那一場不太好的戀愛，讓小語痛不欲生，她自己去了原先的那家婦產科，醫師面有難色地說，這麼頻繁地墮胎，恐怕對身體影響很大。小語點點頭，「不會再發生了。」她承諾著，一年之內送走了兩個孩子，也失去了依靠，小語走在路

上，搖搖擺擺地搭上一臺公車，到了海邊，直到夜晚，海風把她吹醒了，她才又搭了陌生人的便車，回到自己的小套房。

一份愛情裡面，如果有像邱比特那樣、肩上長著翅膀的天使，也會有嘴裡藏著尖牙的鬼。回想起這段感情，就像配戴一副度數精準的眼鏡，讓在選擇男人中，毫無經驗而長期近視的小語，一下子看清楚許多事情。她用這樣痛楚的方式，明白母親當年曾經對她說過的那些話。

後來的小語，變成了鬼。

✛

清晨，天還未亮，鄭安然從惡夢中驚醒過來，坐在床上快速地喘著氣。

輾轉反側好幾次，她睡不著，只好套上一件毛衣，走到客廳，打開電視。

新聞仍在重播昨夜的畫面，各臺都煞有其事地報導著這場仙人跳事件，那些標題搭配著停車場畫面，全衝著她來——

「小資女出軌人數暴增，仙人跳一跳再跳不停歇。」

「疑收下上億房產，小小員工憑美色發大財。」

「主管老婆爆黑料！辦公室女神殺了我先生。」

「外商中披著羊皮的狼？螳螂捕蟬黃雀在後。」

「勾手逛街上酒吧，真實監視器畫面流出。」

「才貌雙全創造智慧詐騙法，不可不知的外遇加薪術。」

與其說是生氣，鄭安然更多的是困惑，黑白的監視器畫面裡，停車場中，一個男人走在前頭，幾分鐘過後，另一個女人出現，那個女人是她沒錯，她怎麼會在那裡？

畫面又跳轉，飯店的走廊出現了一個女人，牽著一個男人，接著是餐廳酒吧、辦公大樓。等一下，她再度站起來靠近電視，試圖看得更仔細一些，雖然穿著與髮型有些相似，但這個人不是她，是小語。

好幾個監視器畫面輪流播放，穿插著她跟小語的幾個鏡頭，鄭安然發現，十幾個模糊的畫面，顯示的並不是同一個人。

上午七點半，鄭安然餵了奶後，打開手機，有二十多通未接來電。

她看見袁實恩在六點時撥了一通電話來，接著是一封簡訊。

「是小語。」

那封簡訊只有這樣三個字。

✝

一切都明朗了起來。

中，小語的英文名字艾莉（Ally），與鄭安然的信箱帳號，採用中文名字的縮寫（AL），相去不遠。

好幾次的公司活動，小語跟鄭安然是室友，兩人經常住在同一個飯店房間

身影，理所當然地重疊在一起。

那些年的傳聞中，所謂的臺灣年輕女員工，勾引外商老闆，小語跟鄭安然的

袁實恩開了好幾個視窗，整理媒體的報導，花四個小時截圖，寫了一封長信

給公司的公關部門，提出相關佐證。他打了一通電話給人資，查詢是否有成立調

查小組，他再度打開電腦，寫了另一封信給美國總部，闡述此事的來龍去脈，表示受到外界質疑的員工，需要公司更多的關注與保障。他整天都在向公司的各個組織發出消息，只希望鄭安然能從這場危機中，順利脫身。

或許就像小語在電話裡說的那樣，他應該對鄭安然採取直接的行動，可是此時此刻的袁實恩，更像一道深色的影子，當刺眼的大燈打在鄭安然臉上時，他是那個留在背後，不為人所知的模糊形狀。

鄭安然揹上包包，帶著孩子出門就診，她以為保持安靜就好，卻發現樓下都是記者，他們窮追猛打，大聲質問著：「是不是妳？」、「妳為什麼這樣做？」、「妳的動機是什麼？」這些問題逼得鄭安然無路可退，懷中的孩子也不安地扭動著小小身軀。

突然一個年輕的女孩衝上前，打了鄭安然一巴掌。

鄭安然沒見過她，她卻瞪著眼，又抬起手，再打了鄭安然一個耳光。

閃光燈不停打在她們臉上，嬰孩開始大聲哭泣，鄭安然聽到一旁的記者對著鏡頭說：「我們現場直擊到，其中一位受害者的女兒現身……」。

「那個人不是我，真的不是我⋯⋯。」鄭安然微弱的辯駁畫面，在各個新聞臺流轉，卻只是讓輿論如洪水一般，更加凶猛。

五天後，臺灣發生了八仙樂園塵爆事件，媒體如退潮般一哄而散，鄭安然重獲平靜的生活。

　　✝

經過兩週的休假，小語無聲地離職了。

六個月後，聖誕節前夕，袁實恩在一家汽車企業的剪綵活動照片中，看見小語的身影，她更改了髮型和臉書上的英文名字，笑得甜甜的，站在一個外籍主管與新上市的休旅車旁，一起合影。

若是第一眼看，小語跟鄭安然，的確有些許神似之處。但她們也有許多不同的地方，像是安然沉靜的臉龐，她穿著白色的連身裙，肌膚透著微微的光。也像是安然奇怪的幽默感，她拿著奶瓶，歪著頭問著，「需要人奶當奶精嗎？」說完這句話，她發紅的耳朵。一同工作時，在電話上，安然用堅定的語氣支持袁實恩的提案，「我們討論過了，臺灣這邊可以接受。」

袁實恩疲累地閉上眼睛，而當年試穿母親的旗袍的鄭安然，在他的腦中緩緩地轉了一圈。

塵霧散去後，鄭安然模樣逐漸變得清楚，袁實恩想著，他應該比誰都更早明白這些事情。

一切都明朗了起來，一切也都遲了。

第十一章　二○一六年

二〇一六這一年，有兩件出乎意料的國際事件。

六月，英國舉行脫離歐盟的公投，最後百分之五十二贊成、百分之四十八反對，脫離歐盟的意向就此確認。此結果震驚全球，為此英鎊應聲下跌。

十一月，美國總統大選，以地產大亨身分知名全球的共和黨總統候選人川普（Donald Trump）贏得大選，當選美國第四十五任總統。

過去川普既沒有政治經驗，也從未擔任過公職，選舉過程中，儘管不被看好，遭受許多媒體嘲弄，但最終以素人之姿，獲得選民的支持。

握有選擇權的人往往是難以控制的，當下做的決定，有時回頭看，也會被自己嚇得說不出話來。

事情過了大半年後，小語打電話來，跟鄭安然約了見面。

她們在公園裡的長椅上坐著，路燈映照著遊樂設施，溜滑梯在地面拉出如蟒蛇一般的彎曲影子。

鄭安然抱著已經入睡的小男孩，聽著小語說了一些事，像是她在公司的第一個男人是個業務主管，她墮胎兩次，感覺自己被騙了；第二次是個日本人，她的媽媽需要錢，而她賺得不夠快，「妳記得山崎先生嗎？那是之前輪調來臺北辦公室一年的行銷部老闆，之後就回去了。」鄭安然點點頭，

小語淡淡地說：「有次出差到日本，山崎先生約我週末留下來玩，我覺得他很好客，沒有想太多，那天晚上吃完飯，加上喝了酒，我們就在飯店房間做了，隔天又發生一次，我知道自己配不上他，也知道他有老婆，但那兩天的感覺很好，我們還去了迪士尼的海洋世界，很不像他會做的事情對不對？……後來山崎先生給了我六十萬日幣，裝在紙袋裡，他說，他很喜歡我，以後只要我想來東京玩，就可以跟他說。」

鄭安然想要開口接話，但她不知道要問什麼，或是怎麼問。

「他很寂寞，」小語接著說：「我後來發現，這個行業多的是聰明能幹的人，

這樣的人在工作上拚盡全力，私底下連個聽他說話的人都沒有。」

小語後面又說了公司的好幾個人，大中華區、東北亞區，對方都是高階主管，事情多半大同小異，男人得到慰藉，她得到應有的報酬，誰也不欠誰，唯有老闆馬克自殺那件事，她沒有正面透露，只是輕輕帶過。

「最後的這個男人，占有慾太強。」小語解釋著，又像沒有解釋，「他說有家庭事業，不願離婚，我想拿錢走人，他又不肯。」

「我沒想過會牽扯到妳。」小語說。

✟

鄭安然回家時，張向誠睡了。她將孩子放進嬰兒床，擠了奶，接著洗澡。

在浴室裡，鄭安然用手把鏡子上的霧氣擦去，看著自己的裸身。她摸摸自己的臉，撥弄乳房幾下，接著轉身看著自己的臀部，她試圖擺出最性感的表情，但無論怎麼看，她都找不到跟小語相似的，可以挑動男人寂寞慾望的、所謂的女人味。

✟

「在大型企業迅速轉型的浪潮中，我們會盡力地照顧所有對公司有價值的員工。」總經理說了這句神祕兮兮的話，當作結語，接著在視訊會議的螢幕中，帶著官方的微笑對鏡頭點點頭。

第二波的裁員名單發布後，那個中午，大家都在驚恐地討論公司的下一步，無心上班。同一天，袁實恩被叫進會議室，老闆告知他即將升任部門主管，這幾年的加倍投入，換得了實質的成果，「公司很感謝你，我們都以你為榮。」袁實恩說了謝謝，老闆又說：「這個職位在上海，準備一下，盡快搬過去吧。」

袁實恩的上司換成了一個法國人，下午，透過視訊會議，他們第一次見面。對方語帶浪漫地說，「這麼多年的努力工作，你應該也累了？今天晚上，好好跟心愛的人，去奢侈地慶祝，吃龍蝦，開最好的酒……。」

下班後，袁實恩走在街上，他並不感到疲倦，只是有點漫無目的。這些年來，他一個人戰鬥著太陽與月亮，如今要到哪裡去找個心愛的臨時演員，可以為他舉杯呢？

芬妮打電話來，袁實恩望著鈴聲，沒有將電話接起來，他還沒有想好要怎麼說明轉調上海的事情。

第二通電話，三分鐘後響起，接著又是一封簡訊。

袁實恩不想回家，買了一個燒鴨飯盒，獨自一人坐在公園的長椅上吃晚餐。

有八九個英文班的孩子，在附近的草皮，圍成一圈坐著，中間的老師手握著一盞露營燈，交雜著英文跟中文，講著故事──

「Next to a great forest there lived a poor woodcutter with his wife and his two children.」

在一座大森林邊，住著一個貧窮的樵夫，還有他的老婆和兩個孩子。

「The boy's name was Hansel and the girl's name was Gretel.」

小男孩叫做韓塞爾，小女孩叫做葛莉特。

「樵夫家的糧食本來就不多，有一次，當地鬧饑荒，更是連每天要吃的麵包也沒有了。」老師做出誇張的手勢，「What does that mean? It's a huge problem for the family!」

袁實恩很熟悉那個故事，他小時候聽過，也記得樵夫的老婆提議，「明天一大早，我們帶著孩子，走到最深、最茂密的樹林裡，幫他們升火，跟他們說，待

在這裡，晚一點我們會回來接他們回家……。」

「如從前一樣，這裡就像一個大家庭，只要是對公司有價值的員工，我們都會盡力照顧。」總經理在螢幕中的面孔，浮上袁實恩的腦海。

「給他們一人一塊麵包，把他們丟在那裡，只要他們找不到回家的路，我們就解脫了。」童話故事裡，樵夫老婆是這樣提議的。

那個故事從一開始，就已經非常恐怖。

✛

兩個小時後，袁實恩回家，母親坐在沙發上，習慣地問：「吃飯了嗎？」

袁實恩回：「不餓。」他穿過客廳，準備直接回臥房，但想了一想又倒退回來。

「媽，我們買個新沙發吧？」

「好端端的，這是哪來的想法？」

「我升職了，想要買新沙發。」

母親沒接話，袁實恩愣在原地。

「兒子，」五秒後，母親終於開口：「你站在那裡擋到我看電視了。」

「喔。」袁實恩低下頭，默默地往前移動，這時他聽見母親咯咯笑著。

「妳笑什麼？」

「我笑你啊，活到這麼大了，什麼都不懂，」母親說：「你那麼瘦都能擋到我的電視，不是有點好笑嗎？」

袁實恩一臉疑惑。

「恭喜升職啦，你這個呆頭鵝！」母親站起來，重重拍了他的頭一下，「要買沙發，不如先買個大電視給你老媽！」

☩

認真去想的話，婚姻跟新生兒一樣，一開始都是抱著無窮希望，但誰都無法預知到底會發生什麼事，直到壞消息傳出，無法避免的失望，就這麼迎面而來。

新生兒雖然令人神經緊張，或許在正確的照護下，可以安全度過嬰兒時期，

脆弱的娃娃順利地長大成一個正常的人。但婚姻沒辦法，一旦出現問題，那個問題會壓在雙方的否認之下一段時日，逐漸擴大蔓延，直到牽扯的範圍過於複雜，直到你已無法再愛、無力假裝。

如果有人問鄭安然愛不愛張向誠，她會說「愛」，但他們的婚姻已是一張掉到水裡的衛生紙，即使用最快的速度撈起來，也無法回復原狀。

當親戚在茶餘飯後，有意無意提到那次的早產，「她就是太愛工作，太愛賺錢，女強人嘛，搞到要在香港生小孩，國外的醫療哪有臺灣好？最後雙胞胎死了一個，殘了一個⋯⋯。」

婆婆也曾經若無其事地提出對那場桃色風暴的質疑，在家中，她問張向誠，「以後小孩子長大，看到這些報導，知道自己的媽媽在外頭不安分，他要怎麼面對？」

鄭安然在廚房安靜地洗著碗，聽見張向誠說：「小孩才不會管這些。」

「那你自己呢？你怎麼想？」

張向誠不說話。

「你要知道，」婆婆說：「這種男女關係不清楚的事情，都是無風不起浪⋯⋯。」

為了這個鄭安然，張向誠仍舊一語不發，他甚至安靜地坐在床尾等鄭安然哭完，才躺到她身邊。最後張向誠勉強開口安慰：「不要哭啦，妳管那些人怎麼說。」

且說著——

經年累月下來，破壞這場婚姻的例子變得很多，難以用單一事件作結，說來說去終歸是性格問題。張向誠習慣當個好人，家和萬事興，對於家人的質疑，他選擇軟弱以對，需要挺身而出的時候，他變得視而不見。但鄭安然不是這樣的個性，尤其是，當她認清自己在這場婚姻中孤立無援時，她變得倔強而偏執。

這陣子，婆家強迫因早產而發展遲緩的孩子，去接受一般的幼兒園教育，並

「小孩明明可以的，到了有團體生活的學校，他就會跟上。」

「去學校總比去醫院好，一直帶著小孩去醫院，多晦氣啊。」

「妳當媽媽的捨不得，太寵，到時反而害了小孩子，後悔都來不及。」

為了這樣的事，鄭安然轉頭向張向誠求助，張向誠卻點點頭表示，「這樣說

也有道理，讓小寶去學校試試看也好啊，不試怎麼知道？」

鄭安然無言以對，他是孩子的父親，不是不知道，已經快滿三歲的孩子，仍然無法發出有意義的字詞，走路不穩，上下樓梯時會拖著一腳，與其他人互動時，眼神有說不上來的空洞，這些問題，都明明白白擺在眼前，小寶不是那些一般正常成長的小孩，他需要額外的照顧。

張向誠坐在洞穴裡，他只說：「小寶哪裡不好？妳太緊張才會想那麼多。」

這一年，鄭安然最大的改變，就是她變得安靜無聲，她無力再吵，也不想再向誰說明什麼。有很多時候，鄭安然看著菜瓜布上的泡泡與堆積的碗盤，忽然覺得自己無處可逃，她以為找一個單純樸素的男人，過著平凡瑣碎的日子，是她夢寐以求的理想，可是當她摸著沉睡孩子的臉頰，她問自己，這是安全平靜的人生嗎？怎麼有種需要肉搏流血的戰役，才正要開始的感覺。

一天，張向誠穿著汗衫短褲，躺在床上，電風扇轉動時發出嘎嘎的聲響。

「好熱啊！」他轉身抱住鄭安然，接著提議道：「喂，我們再生一個吧，上次不順利，這次不可能又這麼倒楣……。」

190

鄭安然不回應。

黑暗中，張向誠將手伸進她的上衣，接著說：「這次我們拜託老天爺送個聰明又健康的寶寶來，不就沒事了嗎？」

夾雜著汗水的味道，那個「拜託老天爺保佑，不就沒事了嗎」的提議，傷害了他們的婚姻。

就在那一刻，鄭安然從丈夫熱情的擁抱中，徹底醒悟過來，她發現就算耐心地等待，或許也等不到張向誠為誰變得勇敢。

✛

在上海辦公室的第一天，袁實恩感覺很奇怪。法國老闆把他叫到辦公室去，大手一揮，霸氣地表示：「你什麼都不要做，明白嗎？不管你想馬上開始做什麼，做了也做不好，不如不做。」

「聽清楚了，這兩個禮拜，在上班時間閒逛，對你絕對有好處。從早上進來公司以後，就去每個辦公桌旁邊走走，看到人就聊一下，問對方的名字，問他平常在忙什麼，如果經過會議室，你就跟對方說我的名字，是我叫你來的，接著就

拉一張椅子坐下參加會議，但不准說話，憋著，只要看跟聽就好，像一個孩子，第一天去學校那樣，最好當作是你去了法國語言學校。」

老闆說完這段話，便笑嘻嘻地看著他，令袁實恩感到很困惑，但他還是照做。兩個星期的時間，他每天早上到辦公室去，無所事事，直到所有人下班，沒有人可以說話，沒有會議可以參加以後，他才離開。

一個月後，袁實恩從飯店式公寓搬出，搬進一間位於三樓的社區大樓裡，一房一廳一衛浴，離公司三十分鐘的步行距離，窗外看得見樹梢和鳥。

在這個擁擠的城市中，幾乎每個人都帶著自己的口音，袁實恩每天走路上下班，一邊觀察走在路上的人，景氣一片大好，人人穿的衣服，揹的包包都有個歐洲名字，袁實恩還是穿著從香港帶來的襯衫與長褲，有時加一件夾克。他不是自命清高，他只是習慣了這樣的生活，對於打扮自己，特別維護外表這件事，絲毫使不上力。

「我真不敢相信你是從香港來的。」坐在旁邊的一個女同事曾經直接評論過，她形容袁實恩的美感，就像患有脊椎僵直症的病患，每天都在僵硬萎縮。

「你每天會站在鏡子前面，好好看著自己嗎？」

袁實恩覺得沒必要，從小到大，他都不追求任何人的關注。

來到上海，最讓袁實恩感到開心的，是能跟原本就在這裡工作的阿虎聚在一起。

還有香港的業務部阿丹，一個月後也來了。

他們三人住在同一個小區，經常一起吃晚飯，有時也在袁實恩的單身公寓中廝混。

這幾年來，阿虎改變得不多，總是漫無目的地說著無聊笑話，讓大家在工作之餘，肩頭可以鬆下來。

有一天，阿丹失戀了。

那天晚上，躺在沙發上，聽著阿丹訴苦的阿虎，給了以下建議：「阿丹啊，你別為了失戀喪氣，我都想好了，以後呢，等你結婚生子，就把第一個小孩取名叫『熊掌』好啦。」

「為什麼好好的孩子，要取名叫做熊掌？」

「紀念余小路啊，也提醒一下自己，『余』與熊掌不可兼得……。」

每次阿虎與阿丹在鬥嘴時，袁實恩就坐在旁邊聽，個性上他與他們不同，但這並不表示，他不享受這樣的時光。

「我說啊，你們知不知道前一年我改了名字？」阿虎問。

「是嗎？」

「對啊，本來叫做張小虎，這種名字聽起來就是個前途無光的小伙子，不小心摔倒在地上會被車輾過的倒楣鬼嘛，某天喝了酒，興致一來，我就改了名。」

「你本名叫做張小虎？」

「對啊，我媽媽取的，很直觀，因為出生那年屬虎嘛。」

「小時候，是不是有個在臺灣的團體，就叫做小虎隊？」袁實恩問。

「在我們這兒，小虎隊也很紅啊。」阿虎忽然跳起舞，「週末午夜別徘徊，快到蘋果樂園來，歡迎流浪的小孩……。」

阿丹也接著用不標準的港腔唱……「不要在一旁發呆，一起大聲呼喚，向寂寞

午夜說 Byebye……。

「後來你改叫什麼名？」袁實恩問。

「喔，我改叫張添翼！」

「天意？」

「如虎添翼啊，多威猛！」

啦～啦～啦～啦～盡～情～搖～擺～

他們開心地扭動身軀，繞著沙發跳，就像母雞帶著小雞。

如虎添翼的阿虎，張開雙臂，在客廳飛翔了一圈，後面跟著阿丹與袁實恩，

✦

鄭安然牽著孩子，在醫院門口排隊等計程車。

幾天前例行回診檢查時，小寶因各項發展都出現停滯現象，判定為多重發展遲緩，除了開始進行早療課程以外，醫生建議進行抽血檢查。

對著小小孩抽血，並不是簡單的事，抽血站幾個大人又抓又拉，奮戰了一個多小時。

抽血報告顯示指數異常，「接下來怎麼辦？」鄭安然問。

「要再抽一次血確認。」醫生想了想，接著說：「不過聽說上次抽血不是很順利，這次我們安排住院來抽。」

醫生向鄭安然解釋，人只要過度緊張，血中的各種激素就會受到影響，小孩子尤其是這樣，為了可以得到準確數值，先安排住院，進行麻醉後抽血。

鄭安然點點頭，她說：「那麼我們先回家，拿行李過來，再辦住院。」

那瓶麻醉鎮定劑，小寶怎麼樣都不喝，勉強他喝下幾口，來回了幾次，全被吐掉。

住院醫生的臉色不好，「用塞藥的吧。」他說。

半個小時後，小寶被強迫從肛門塞藥，他緊緊縮著屁股，身體縮在床邊的一側，藥塞不進去，倒是排泄物拉了一攤在病床上。鄭安然用溼紙巾清理後，將孩子從病床抱起來安撫，又是幾個護理師走進來，大人們七手八腳地壓制打針，在

狂亂掙扎中，孩子終於昏睡過去。

另一位醫師走進來，他看了鄭安然一眼，用一種輕蔑的口氣對護理師說：

「你們是第一次幫小孩抽血啊？怎麼可以讓媽媽在裡面？這種帶去處置室，把門關上，從脖子的血管抽，一下就好了。」

隔週回診，看住院抽血的報告，除了一些過敏反應，各項指數顯示為正常。

主治醫生轉頭，淡淡地跟旁邊見習的醫生低語：「我說過這個狀況要記錄下來，這已經不是第一次這樣了，難道整家醫院只有我發現嗎？」

醫生和鄭安然說明，之前也有幾個個案，因為孩子掙扎害怕抽血，造成門診抽血的指數異常，最後住院抽血後，指數都正常了。

他說這段話的時候表情並不誠懇，好像自己特別聰明，在黑暗的時代發明了電燈泡，帶著一點洋洋得意。

✤

十一月，上海的風很大，袁實恩的衣櫃裡添了一件風衣，他學會洋蔥式穿法，風衣裡面，都是原先從家裡帶來的舊衣，一到辦公室，他把風衣脫下，回到

自己原來的樣子。

無所事事的兩個月後，袁實恩被分配了一個行銷企劃案，負責二線城市的洗髮精品牌上市。日子變得異常忙碌，他搭著飛機與火車在城市中穿梭，成都、重慶、南京、杭州、寧波、瀋陽，都陸續去過，那些城市跟香港與上海完全不同，人的想法也不同，需要學習的事情很多，導致這兩年，從鄭安然生產後，他們沒有見過一次面，也變得可以忍耐。

新聞報導著，川普在美國總統大選中獲勝，在臺北的家中，張向誠翻箱倒櫃，找到了《誰是接班人》第一季的收藏，他如獲至寶，興奮地搖著手上的光碟片，跟鄭安然說：「等孩子睡了，我們來看！」

躺在床上的鄭安然沒有回覆，她拿著一本故事書，正溫柔地念著其中一頁給小男孩聽——

「你不要怕，不要怕喔。」

「在森林裡，天漸漸黑了，哥哥安慰著正在哭泣的妹妹，他說，天空會變黑，只是因為太陽回家了，我們再等一下，等到月亮出來以後，一定就可以找到

回家的路��⋯⋯。」

第十二章　二〇一七年

二〇一七年，加州遭遇多次嚴重火災，首先是北加州的火災，這場山林野火持續燃燒二十多天，累計造成四十三人死亡，七千七百棟建築被燒毀，預估有超過十萬居民被迫撤離。其中加州最為知名的酒鄉納帕谷（Napa Valley）布滿煙霧，大片葡萄園瞬間遭大火吞噬的景象，登上各國的新聞頭條。

兩個月後，隨著聖安娜熱風，南加州又爆發數場大火，肆虐面積難以估算，火勢長時間延燒，造成加州的進入緊急狀態，加上空氣品質劣化，交通堵塞，學校關閉與多次的大規模停電，使民眾苦不堪言。根據加州州長布朗（Jerry Brown）的聲明提到，這場大火夾帶著強風，難以撲滅，呼籲各單位做好聖誕節滅火的準備。

根據媒體報導，僅僅在一年中，加州就發生了八千七百四十七場山林大火。

在會議室裡，鄭安然低著頭，儘管已經盡力讓自己看起來胸有成竹，但她坐在主管對面，卻止不住地變換雙腳重心，不曉得該如何自處。五分鐘後，她站起來面向著窗，背對鄭安然，過了陣子才回過頭問：「再跟我說一次，妳是怎麼打算的？」

鄭安然在她面前，毫無招架能力，她怯怯地說：「我打算帶孩子，搬去跟妹妹住一陣子，她跟先生討論好了，家裡有多一個房間，願意幫我這個忙……。」

「家裡的事我不好多談，不過，離婚已經不是簡單的事，妳還決定要離職？這樣帶著孩子，日子要怎麼過呢？」

「我……應該還有一些存款。」

主管搖著頭，說話速度逐漸加快起來。

「事情不會是妳想的那麼容易，單親媽媽外加無業，就像一匹馬剁掉兩隻腳，再挖掉一雙眼睛……妳說的一些存款，是多少錢？能撐多久？一年？三年？孩子現在才幾歲？」

「三歲。」

「妳說他是什麼問題？」

「還不確定，現在醫生診斷是發展遲緩⋯⋯。」

主管嘆了一口氣，「小朋友長大的過程，東一點毛病，西一點問題，都是天天在發生的。妳是大人，要往長遠去做打算，不是我想嚇妳，一個孩子讀個書就要個十幾年，中間要上學，要補習，要生活，還得買一堆東西喔⋯⋯。」

見鄭安然的頭越來越低，年長但打扮精緻的主管又嘆了一口氣，她停頓了一會兒，換了一個溫柔的語氣，接著說：「我是過來人，才會跟妳說這些，以前年輕時，我也經歷過相同的事，當年的賭氣，後來都換成後悔⋯⋯將來可能有許多隱藏的費用，都是妳沒算進去的⋯⋯我媽老是對我說，妳有沒有想過，單親媽媽靠什麼養孩子？都靠妳無條件的愛嗎？」

鄭安然變得吞吞吐吐：「⋯⋯那些早療課程，輔導老師建議，媽媽最好要陪同孩子一起上，回家再一起練習，親人的投入對小孩的差別很大⋯⋯這些年，我覺得自己陪孩子不夠多，再過幾年，一切可能都來不及了⋯⋯」

「所以妳辭掉工作，是為了去當全職的陪讀姊姊？」

打掃阿姨將辦公室的燈關了，室內頓時陷入一片黑暗，主管把會議室的門打開，露出一顆頭，「不好意思，我們還在這裡忙。」阿姨趕忙道歉，重新開啟開關。

燈亮的時候，鄭安然鼻子已經紅了。

「我只是說，妳要替自己想一下，婚姻要放棄，工作就留著，反過來說，若是工作要暫停的話，妳要不要再想想，婚姻還有沒有可以挽回的地方……」

主管插著腰，眼睛睜得大大的，盯著鄭安然，「其實，夫妻生活久了，沒有愛情是早晚的事，妳又何苦為了這個離婚呢……」

鄭安然不知道說什麼，那些婆家的冷言冷語，一而再，再而三，因為孩子發展遲緩，無謂的介入與爭執，她是不能再忍耐了。

「對不起……。」

主管坐下來，打開電腦，再度看著鄭安然提交的離職信，彷彿這麼做還會有轉圜的餘地，她抬頭問：「好吧，那妳打算休息多久，還想回來嗎？」

鄭安然點點頭，接著說：「大概……兩、三年，等孩子大一點，順利上小學之後。」

「如果不順利呢？」

「對不起……。」

主管拿著手機，站起來走出會議室，撥了一通電話。

隔著玻璃，鄭安然看著她動著嘴唇，說了些無聲的話，鮮紅的唇膏，一身名牌套裝，鄭安然覺得自己早就不屬於這裡。

通話結束，主管走回會議室，她深吸了一口氣，對鄭安然說：「兩、三年的時間很長，臺灣市場還有沒有那麼多職缺等著妳，我沒把握，但是中國可能有機會。這樣吧，妳離職前，去一趟上海辦公室，在那邊見幾個大老闆，打點人脈，好好認識一下。我剛剛聯絡好了，下禮拜就去，帶些伴手禮，那些人都喜歡臺灣的鳳梨酥。」

主管從皮夾裡抽出一張名片，「這家鳳梨酥的口味特別受歡迎，不要亂買機場那邊的。」

鄭安然不知道該說什麼，她眼眶發熱，只能小聲地說：「謝謝妳，真的很謝謝。」

「每次帶人，碰到妳這個年紀的女生，就會發生同樣的事情⋯⋯我最不喜歡意氣用事的女人，為了男人或小孩，腦子不清，變得很笨，跟妳現在一樣，蠢得要命，如果我每個都要救，就不用睡覺了。」

「這世界對所有女人都不公平，不是只有針對妳。」主管壓抑著情緒，轉過頭，她銳利的眼神，射向鄭安然：「妳跟著我這麼多年，應該更理智才對。」

鄭安然點了點頭。

「接下來的日子，不管發生什麼事，妳要學聰明點，狠一點，見縫插針，見機行事，嗯？」

整場對話，鄭安然點了無數次的頭，直到主管離開後，她獨自站在電梯中，才癱軟地靠在角落，閉上眼睛。

✛

新版初剪的廣告播完後，袁實恩已經不太耐煩了。

他的指節壓著眉心，有些不愉快地說：「我們再看一次。」

廣告再播了一次，裡面是一個男人，站在熊熊烈火前，揉著自己的頭髮。

袁實恩問：「這是什麼意境？」

廣告公司的代表說：「這次的新品，我們想要彰顯男人的氣勢，所以他不是用水來洗頭，而是用大火。」

袁實恩不喜歡這個概念，他感覺這支廣告諷刺意味濃厚，因為這讓他想起前幾天的加州大火，居民都在逃跑的畫面。會議室的氣氛陷入低迷，此時電話響了，是芬妮打來的。

袁實恩站起來走出會議室接了電話，「怎麼了？」

「晚上一起吃飯嗎？」

「啊？吃飯？妳在哪裡？」

「在上海啊。」

「為什麼妳會在上海？」

「昨天我就跟你說過了，今天下午會到上海來啊，明天我們部門在大中華區有活動⋯⋯。」

「喔。」袁實恩瞇起眼睛，大樓外的陽光燦爛，他的女友跟他在同一個城市裡，而他絲毫不覺。

那天晚上，袁實恩找了一家和牛的高檔餐廳，芬妮在吃最後一道甜點的時候提出分手。

她是這樣說的：「我需要一個男人在乎我人在哪裡，期待我會不會出現，而不是事後用高級和牛來粉飾太平。」

袁實恩點點頭，他完全同意芬妮說的每一個字。

深夜，再度回到單身的生活的袁實恩（坦白說他從來沒有離開過），安靜地在家裡開了一瓶酒，但一滴都沒有入口。

✛

他不喝酒，跟小時候的經歷有關。十二歲時，他的父親打了母親，這是一年中的第五次，情節很相似，父親喝酒喝過了頭，母親不高興，說了幾句，唯一不

同的是，父親這次的拳頭，落在母親的臉上。

母親在房間裡，不知道打電話給誰，袁實恩隔著門，只聽見她說她受夠了。

三天後的早上，等到父親出門工作後，母親就拖著一個黑色的行李箱，再也沒回家。

她沒有遠走他鄉，她跟孩子們說：「媽媽就只是在走路十五分鐘的另一個住處，晚上可以來吃飯。但是從現在開始，媽媽不能跟爸爸住一起了。」

「從現在開始，到之後的什麼時候？」袁實恩的哥哥追問。

袁實恩覺得他很蠢。

那天袁實恩在學校的操場上故意跌倒，他從司令臺上跳下去，膝蓋流了一些血。他原先想過在課堂上作弊，看看能不能被抓到訓導處，引起母親注意；後來他決定直接走出校門，失蹤個一到兩個小時，但他走到大門時，就被警衛攔住了；最後他跑回操場的司令臺，猛力跳起、跌落，在碎石地上膝蓋跪地來回摩擦，他的雙腳被砂石磨破一大塊，傷口大約是兩個橘子的大小，路過的老師把他帶到健康中心休息。

學校通知了家長，但母親沒有來，父親來了。

父親的臉很臭，吐氣都是酒味。他看見袁實恩揹著書包，包著紗布坐在床沿，劈頭就問：「你這傢伙是笨到連路都忘記怎麼走了嗎？」

母親離家後的第一個星期，父親假裝這個世界上沒有這個人，他是唯一的家長，所有事情，他全都自己來。早上他一睡醒，會拿著洗臉布沾水，把三個小孩的臉胡亂抹一陣，接著準備早餐，雞蛋丟到滾水裡，煎火腿，然後在一個大盤子上放一串葡萄。父親在桌子中間擺了一大瓶牛奶，要喝的人就直接拿去對著口喝，「這樣就不用洗杯子。」他說，彷彿是很聰明的方法，全世界只有他知道。

十分鐘後，他會命令大家下桌，把孩子喝不完剩下的牛奶一飲而盡。爸爸一邊牛飲，一邊倒數計時，他規定所有小孩必須在他把牛奶喝完前，穿好制服襪子，揹上書包，把剩下的食物裝進餐袋，站在門口等待。整整一週，爸爸把這套劇情表演得很流暢，他試圖證明家裡沒有女人，只有他一個人也可以運行。

晚餐的順序差不多，只是餐點會變成外賣的燒臘飯或是炒麵，一顆大水梨，依偎著一瓶可樂，放在桌子的中間，作法相同，想吃水果跟喝飲料的，就自己伸手拿去對著口吃，吃完後再放回餐桌中心處，幾輪下來，水梨看起來像卡通裡被幾隻毛毛蟲咬過的模樣，滿桌都是牛奶漬。

「媽媽從來不會這樣，她會把水果切好給我們。」妹妹說，「而且我想要喝甜湯。」

「甜湯是什麼東西？」

「像是紅豆湯或是花生湯。」

「你把水梨泡在可樂裡好了。」

父親自以為說了一個笑話，呵呵笑著。袁實恩跟哥哥低著頭默默吃飯，妹妹突然哭了起來，看著她哭得喘不過氣，父親一臉不以為然。

星期二的那天傍晚，妹妹放學後沒有直接回家。她跑去另一個家，說要跟媽媽住。

星期三晚上，哥哥也沒回來，帶了行李去了媽媽家。

家裡只剩下袁實恩跟父親，晚餐時刻面對面坐在一起，還有餐桌中間的一瓶兩公升可樂與黑了一半的芭樂。

母親離家這件事，讓袁實恩感到痛苦，但哥哥跟妹妹的離開，更是雪上加

霜。他也想要去有媽媽在的家，跟所有人住在一起，但他太害怕，不敢當那個最後離家的孩子。

睡前，小學六年級的袁實恩反覆想著一個事情——

星期二那天，妹妹放學後去了媽媽家，他跟哥哥稍後也去了，他看見媽媽在浴室裡，替哥哥換衣服準備洗澡時，在哥哥耳邊說了一些話，哥哥對她點點頭，隔天星期三，哥哥在早上偷偷把行李收好，帶去了媽媽家。

那晚輪到他去洗澡時，他等了一會兒，媽媽卻只是要他把換洗衣物收到書包裡，其餘的什麼都沒有對他說。這件事更動了袁實恩的人格設定，他相信自己總落入被拋棄的一方，為此他要多打算一點，一動不如一靜成為他的策略主軸，他用不變的方式，面對所有的變動的問題。

生日的時候，媽媽問袁實恩想要什麼禮物，「我想要有一對相愛的父母，和樂的家庭。」袁實恩想著這句話，但沒有說出口，後來他要了一臺紫色與白色相間的腳踏車。

「只要你想媽媽，每天都可以過來看我。」試騎新的腳踏車時，母親對袁實恩說，「我只是需要離你爸爸遠一點，搬到他拳頭打不到的地方。」

週末的時候，袁實恩會在午後，走去母親的新家待上幾個小時，但他絕不過夜。母親偶爾會送午餐到學校給他們，袁實恩拿了餐袋，轉頭就走。

父親經常試探他，「去媽媽家的時候，有沒有看見別的男人？」

「沒有。」他說。

「下次去，你再仔細看看，家裡有沒有男人的東西留下來⋯⋯。」

從那時開始，袁實恩產生了一股不安全感，日後糾纏他許久，直到他把這份感受漸漸內化成一種常態，他知道沒有人可以依靠，除了他自己。他知道沒有人要他（表面上可能看不出來，但最終他會落得自己一人），但為什麼是這樣的，他想不通其中的原因。

最後媽媽、哥哥和妹妹，在另一個家住了整整兩年，直到某一天，媽媽才帶著兩個孩子回到原本的家，與他跟爸爸一起生活，那時候，袁實恩已經是個國中生了。

儘管後來，一家人又重新聚在一起，媽媽天天做飯，也做甜湯，爸爸酒喝得少了。但在袁實恩心裡，所謂的家庭已經破裂，原本是個無憂無慮的孩子，從此

困在一個處處警戒的人生。

✛

飛機正在等待降落，鄭安然從窗外，看見上海高樓層層疊疊的面貌，一切恍如隔世，她已經不記得，上次來上海的日子是什麼時候，當時的上海跟現在的上海相比，大概也不算是同一個城市。

下了飛機，她叫了車往浦東去，先進飯店放好行李，沖個澡，接著中午進公司，從下午到晚上，有幾個與主管的會面，已經約定好時間，一個接著一個，鄭安然想著，這次以公事為主，不要打擾袁實恩。

傍晚，袁實恩走出公司大門，準備買份晚餐回公司吃，聽見有人喊他的名字，他轉過頭，看見兩個人影，一大一小，是張向誠，手裡抱著一個小男孩。

在公司一樓的美式餐館中，小男孩開心地吃著薯條喝可樂，袁實恩與張向誠，面對面坐著。

「不好意思，這樣堵在你們公司樓下，嚇到你了吧……。」張向誠抓抓頭，有些無助。

「不會啦，好久沒見。」袁實恩露出客氣的笑容，問：「你們怎麼會來上海？」

「因為……安然今天也來了，我就一時衝動，跟著跑來……。」

「安然來了？」袁實恩很是驚訝，「什麼時候的事情？」

「尿尿。」小男孩說，「尿尿，要，急。」

袁實恩站起來，他指著前方，「啊，廁所在那裡，我帶你去好不好？」

反倒是張向誠沒有站起來，他揮揮手，示意對方坐下，「沒關係，小孩子有包尿布。」

「現在三歲了吧？嗯？去上學了嗎？」

「嗯，都三歲多了，都要他學著自己上廁所，到現在還是學不會，說話也不太清楚。」

「是嗎？」袁實恩替孩子在小碟子上擠了一些番茄醬，又遞給孩子一根薯條，「告訴叔叔，你叫什麼名字啊？」

「尿尿……要……尿……。」

「可能是像到爸爸吧。」張向誠搖搖頭，淺笑著說：「不只是他，我活到現在，說話也還是不清楚。」

張向誠低下頭喝了一口咖啡，接著抬起頭，認真地看著袁實恩。

「我就直說吧，來上海找你，是希望你能誠實告訴我一件事……。」

「誠實？」

「你跟安然之間，有什麼事情，是我需要知道的嗎？」

「事情？」

張向誠又繼續說：「最近我們在談離婚，不久後，她就買了上海的機票，說公司有事情要去一趟，我想，安然應該是來找你，不是嗎？」

「你們要離婚？」

「嘿，你可以一直假裝自己什麼都不知道，你想要怎樣裝好人都可以。」張向誠有點不高興，「我這次來，沒有要找你麻煩喔，只是想替安然多打算，我問

216

你，離婚後，這個孩子你要嗎？」

「什麼孩子？」

張向誠指指身旁的小男孩，接著說：「你不想要孩子的話，我也理解，不過拜託你跟安然講好，把孩子給我，我自己來養，這件事我想通了，你跟安然，要怎麼去展開新生活，擁抱新人生，我沒意見……。」

說著說著，張向誠的氣勢逐漸減弱，像一隻挫敗後舔著傷痕的雄性動物，他漸漸壓低聲量，喃喃自語起來，「說真的，你們到底是復合了，還是從頭到尾都沒有分開過，我也不想知道太多。」

袁實恩感覺自己陷在五里雲霧中，他腦中出現當年父親問著「去媽媽家的時候，有沒有看見別的男人？」的畫面，那自卑自憐又強裝無事的模樣，和張向誠有些重疊。

「你大概沒想過，我會直接過來找你吧？」張向誠苦笑著，他似乎都放棄了追問，伸手匆忙地替孩子穿上夾克，扣好扣子，「算了，你要是想要一路都裝傻，我們就回家。」

孩子不太高興爸爸把他的飲料跟食物拿走，他抗議著：「鼻要。鼻要。」

袁實恩雙手舉高，做出投降的姿勢：「我是真的不知道你們的事，自從上次送你們離開香港之後，我已經好久沒見到安然了，這些日子，安然過得好不好，我也不清楚……。」

「是嗎？」張向誠抬起眼看著袁實恩，「那為什麼你在香港時，她就飛香港？你在上海時，她就飛上海呢？」

「什麼媽媽？」

小男孩突然眼睛一亮，揮舞著薯條，「媽媽……有，那裡，媽媽……有……」。

袁實恩轉頭，他看見餐館的門外，站著一個穿著黑色大衣，提著黑色皮包的女人。

夜晚上海的風很大，那個隔著玻璃窗，在風中頂著一頭飛舞髮絲的人影，竟是鄭安然。

第十三章 二〇一八年

二〇一八年，適逢一次世界大戰結束的一百週年，英國皇室的哈利王子與美國演員梅根·馬克爾，舉行了一場世界矚目的皇家世紀婚禮，哈利王子透露，他為梅根設計的鑽戒中，位於兩側的鑽石是已逝黛安娜王妃當年的珠寶，他表示：「這是為了確保我的母親，與我們一起在這趟瘋狂的旅程中。」

根據報導，婚禮的總花費金額為四千五百萬美金，其中最大部分是維安人員的支出，另一部分則是龐大的婚紗訂製費用。在聖壇前，當梅根走到紅毯的另一端，哈利王子像個小男孩一般，害羞地對她說：「你看起來好美，我太幸運了。」

這場世紀婚禮，不只為英國帶來正面形象，也帶來可觀的觀光財，為皇室婚禮所特別設計販售的周邊商品與觀光收益，粗估高達十億英鎊的商機。儘管皇室如此遙不可及，但那個五月的週六，全世界都在關注同一則新聞，這則新聞述說著如童話般的愛情，緩緩從天而降，絢麗而真實地，在人民眼前閃耀。

一如以往，企業內部舉辦的培訓課程一向沉悶，梳著整齊油頭的講師，拿著雷射筆，站在講臺前滔滔不絕，在休息時間之前，他慎重地引述了某本書裡的一句話：「記得，無論你多麼熱愛工作，工作都不會愛你。只有人才會給你愛。」

坐在一旁的阿虎，把他的大頭湊過來小聲說：「工作不會愛你，至少也不會無緣無故就逼你買包包吧……。」

袁實恩沒在聽，他的心思飄到很遠的地方。那天晚上，鄭安然走進餐廳，一把抱了孩子，扭頭就走，張向誠追了上去，他們在餐廳門口吵架，你為什麼來這裡？那妳呢，妳又為什麼來？我們是不是都要找同一個人？

孩子掙脫了鄭安然的懷抱，跑到正在櫃檯結帳的袁實恩身邊，袁實恩彎下腰，把遺落在座位上的夾克替孩子穿好，牽著小小的手，問：「要不要喝一杯巧克力奶昔？」

「一杯奶昔外帶。」袁實恩對店員說。

「當然可以。」

「可以嗎？」

然後他看見鄭安然站在門口哭了，她摀住自己的臉，左右搖著頭，張向誠試圖拉她的手，鄭安然轉身背對，卻正臉對上袁實恩，讓她感到無地自容，她又轉到另一個方向去。

「爸爸，媽媽為什麼在哭？」孩子大聲問，這個聲音讓夫妻雙方都冷靜下來，張向誠轉頭，發現孩子跟著袁實恩坐在餐廳外的長椅上，袁實恩低著臉，表情看不清楚，孩子正捧著一杯飲料，吸管是彎彎的，有紅橙黃綠藍靛紫七種彩虹顏色。

「不好意思，打擾你了。」張向誠走向袁實恩，把孩子抱起來，「走吧，我們要去趕飛機。」

鄭安然跟著走過來，她對張向誠說：「今天一起睡飯店，明天我們再一起回去。」

一開始張向誠不肯，他一手抱著孩子，一手抓著背包，直直地往前走，但鄭安然站在後頭，淡淡地說：「你特地坐飛機來上海，不就是擔心今天晚上我房間有別人嗎？」

張向誠停下來，他的表情就像是赤腳踩到一根釘子。

鄭安然不放過他，冷淡地看著張向誠，繼續刻薄地說：「不如你進房檢查一

下，好過在這裡神經兮兮地冤枉別人。」

爭執落幕，他們三人就這樣走遠了，從遠處看，還是一家人。

就是那個畫面，讓袁實恩想清楚了。

他終於明白，今生的安然與實恩不會在一起。他必須把自己的心情收起來，放到一個心裡的小格子去。

幾年前，袁實恩曾經有過盼望，當她在社群平臺發布，她有一個男朋友，穩定交往中，那盼望就縮水了一點點。後來他沒有參加的那場婚禮，鄭安然穿著露肩的新娘禮服，那個心痛的程度，是非常通俗的，不值得一提。袁實恩記得自己買了一條項鍊，託同事轉交給鄭安然，隔天她回了一封訊息，說非常謝謝。然後有一天，她分享了一張黑白的超音波圖片，那是胎兒的側面，接下來又過了一些日子，又是第二張，幾乎一模一樣的圖，張向誠標註了鄭安然，大家一直恭喜，用各種口氣，恭喜恭喜。

那個盼望，就這樣抹淡了。

袁實恩是一隻被遺留在洗衣機裡的襪子，每天都在滾動中度過，頭暈目眩，等待被發現。反覆清洗的襪子很香，全身都包裹著柔軟精的味道，同時也很潮

溼，每天都變得更溼冷一點。

總會有終點，不是嗎？總有一天，會被拿出來放在太陽底下吧？總會有那麼暖洋洋的一天。

另外一隻襪子呢？是她嗎？她是那隻也找不到相同的、卻跟別隻成一雙的襪子嗎？

手機響了，是阿丹打來的。

「喂？」

「你今天吃錯什麼藥？怎麼這麼早下班？」

大街上，剩下袁實恩一個人。

✛

直到這一年的中間，立夏過後的兩週，鄭安然與張向誠才對離婚這件事有了共識。

他們約在一家簡餐店簽協議書。雙方都說好，財產分配簡單為之，關於孩

子，兩方共同撫養。

「那，應該差不多了吧，我就先走了……。」

簽好文件後，張向誠遲疑地看向鄭安然，他把自己的兩隻手，不自然地往後伸向黑色的背包。背包的拉鍊沒拉好，皮夾跟鑰匙，一頂鴨舌帽，還有一個吃到一半的蛋沙拉三明治，陸續掉了出來，他一邊站起身，一邊撿著掉落在地上的物品。

鄭安然見狀，也彎下腰幫忙。他的黑皮夾就像夜市小攤上白色的割包那樣，從中間分成一半，躺在桌底下坦率地張開著。鄭安然看見裝在裡面的照片，一張是全家三人的合照，張向誠站在中間，一手抱孩子，一手摟著她，另一張是鄭安然一個人的，高中畢業時的大頭照。

「咦？」張向誠將皮夾拿過去，他翻了翻中間夾層，有點愧疚地說：「怎麼這樣？要結帳才發現沒有帶錢出門……。」

鄭安然看著他的臉，那稚氣未脫的少年張向誠，重疊在現在邁入中年的張向誠臉上，她為此難過地癟起嘴。

為了轉移情緒，她將眼光移轉至牆上，看見這家簡餐店的菜單圖片，上面有

豬排歐姆蛋、紅燒牛腩飯，還搭配南瓜湯跟巧克力冰淇淋作為附餐，每道菜都是家庭式料理，突然之間，她想不起當初想要跟這個男人離婚的理由。

「怎麼了？妳不要緊張，我沒現金還是可以刷卡啦，妳看這裡有好多卡……」張向誠抽出一張信用卡，在手上搖了搖，見鄭安然的鼻子發紅，他緊張地低下頭，避開她眼眶中的淚水，又接著自言自語起來：「就算離婚夫妻，還是要好好吃飯……是不是這樣說的……。」

「你可以再坐一下嗎？」鄭安然問。

張向誠又匆匆忙忙地雙手環抱著背包，像個守本分的小孩子般坐了下來。

店內一片昏黃，只有三盞壁燈，沒有時鐘，櫃檯後有一臺電視，幾個店員正擠在一起看英國哈利王子的皇室婚禮，梅根穿著簡約優雅的白紗，新婚夫妻一同坐在一輛馬車上，向民眾揮手致意。

「欸，他們接吻了！」一個店員指著螢幕，興奮地叫了出來。

鄭安然一時無語，張向誠看了好幾次手錶，反覆確認時間。

「等等還有事嗎？」

「我沒有事。」張向誠緊張地回答，「我沒想要走⋯⋯我只是，不知道現在要做什麼⋯⋯。」

鄭安然想要開口跟他說「我們還能當朋友吧」，可是她覺得這句話很矯情，又吞了回去。她想起皮夾裡的那張照片，裡面的高中女孩早已消失無蹤，想到張向誠說了「我沒想要走」的那個真摯的表情，她又有哭的衝動，或許年紀真的大了，變成一個容易傷感的人。

她與張向誠同時伸手拿起面前冷掉的咖啡。

那天她站在上海的餐廳外，透過玻璃窗，看見袁實恩跟張向誠面對面坐著，旁邊是孩子在吃薯條，她不敢相信自己的眼睛。

在上海風大的街道上，他們吵了好大一架，只差沒有打起來。鄭安然想，或許那時候他們能那麼用力去爭執，是因為彼此還有愛的關係。

只可惜愛是一種大意，現實卻是各種細節。

「你還是先走吧？」鄭安然說。

「喔，那好吧。」張向誠舉起手，店員走了過來，「那個，我們要結帳。」

「請幫我們分開算。」

「我一起付就好。」

「謝謝你。」

張向誠把信用卡跟簽好的帳單一起遞給店員，店員微笑地表示，「信用卡請您收回喔。」張向誠點點頭，接著將放在桌上的離婚協議書拿起來，準備收到背包裡，才發現那一份是鄭安然的，他不好意思地把文件又放回她面前。

鄭安然說：「下次換我請你吃飯。」

張向誠再度快速地點點頭，他露出那個從高中就沒改變過的笑容，說：「下次吃飯，我們再看看，有沒有正面一點的文件可以簽吧。」

✠

企業培訓來到第二天，只剩下上上午半天的課程。

分組討論時，袁實恩跟久未碰面的凱西，分到了同一組。

他們輪流扮演品牌主與消費者的角色，提出以下指定的題目：

我們的品牌為什麼成為您的首選？

您最喜歡的品牌特點為何？

您最不喜歡本品牌的哪一點？

如果有機會的話，您是否考慮我們的其他產品？

輪到凱西提問時，她轉著眼珠說：「我要這樣問喔，你好好回答……第一題，您最喜歡的女生特點為何？」

袁實恩愣住了，「妳在問什麼？」他問。

凱西催他：「快點回答。」

「我不知道。」袁實恩躲避她的目光。

凱西接著問：「那麼，請說說看，鄭安然為什麼成為您的首選？」

「發神經喔，不要這樣搞啦。」袁實恩說。

「不然你問我。」

「啊？」

「你不想答就換成你問啊，像這樣，凱西您好，請問您最喜歡的男生特點為何？」

凱西自問自答起來，「我喜歡的男生，要有正當職業，身高一百八十公分以上，善良、孝順，不要太胖，哦，要愛我比我愛他多⋯⋯。」

袁實恩看著凱西，不說話。

「那麼凱西，請問袁實恩為什麼成為您的首選？」凱西仍然自言自語著，

「嗯，因為他符合我大部分的條件，而且笑起來很好看，雖然他是很少笑啦⋯⋯。」

「好了，妳小聲一點，」袁實恩嘆了一口氣，「不要再玩了。」

「請問，您最不喜歡袁實恩的哪一點？」凱西緊緊抓著寫著題目的紙張，繼續念著：「⋯⋯我不喜歡他的地方喔，嗯，我不喜歡他固執的個性，他有時候腦袋打結起來，就會很固執，有時候，固執到連讓自己幸福的能力都沒有了⋯⋯。」

袁實恩伸手把題目紙搶過來，他捏著那張紙，不知該如何是好。

「好吧，換你問。」凱西說。

袁實恩低著頭，他看著手上的紙，低聲念著：「如果有機會的話，您是否考慮我們的其他產品？」

「其他的，我都不考慮。」

「其他的，我都不考慮。」凱西說完，見袁實恩呆若木雞的表情，她又用堅定的口氣，再強調一次，

凱西抬起頭，倔強地看著袁實恩，她好像看透了眼前的這個男人，「我不考慮。」

袁實恩知道此時此刻，自己什麼都不該多說，他只能安靜地看著凱西，等待時間過去，而她的眼眶裡，有袁實恩的影子，和薄薄一層的眼淚。

這時講臺上傳來講師宏亮的聲音，「好啦，各位，討論結束，回到昨天的主題，我們討論過，工作不會愛你，只有人才會給你愛，大家還記得嗎？」

「記得。」凱西快速地用手背抹去淚水，她轉頭對著講師，大聲回應。

✝

鄭安然站在半透明的玻璃前，等待孩子的早療課程結束，小寶的語言能力有些進步，肢體動作方面還需要努力，最近，不知道是不是漸漸長大的關係，他出現了一些情緒問題，在家中不願意脫下鞋子，連洗澡都堅持穿著鞋。

老師走出來，向她說明目前的療程進度，過了一會兒，老師又開口：「今天上課前，小寶跟我說，爸爸媽媽要離婚……他還說，只要把眼淚偷偷塗在媽媽的袖子上，媽媽就不會走……。」

小寶走過來拉著鄭安然的衣角。

「如果需要幫忙，可以提出來，我們再討論。」

鄭安然抿著嘴點點頭，老師不再多說什麼，也跟著點點頭。

外頭的雨已足足下了三天，鄭安然抓著傘，替孩子穿上青蛙造型的淡綠色雨衣，她已下定決心，要提起精神來生活。

這也是為什麼，她正式離開原來的公司，接下了一個品牌公關公司的工作邀約，是朋友介紹的工作，形式以接案為主。儘管工時不短，薪水只有原來的三分之一，鄭安然還是願意做，她告訴公司，每週有兩個下午，她需要幾個小時帶孩子去上課，「等小孩睡著後，我可以加班，把該做的事情做完。」

「接案工作本來就是按件計酬，」公司主管說：「你能在時間內做完，沒有人會有意見。」

那個男主管偶爾會請鄭安然吃飯喝酒，酒醉了經常不懷好意，對此鄭安然也會逢場作戲，給足對方面子。鄭安然明白，從今以後，她並不只為自己而活。

車上，鄭安然替小寶扣上安全帶。

小寶突然問：「媽媽，妳跟爸爸和好，像熊爸爸跟熊媽媽那樣，好不好？」

熊爸爸跟熊媽媽是一本圖畫故事書，有著幸福快樂的結尾。

「你知道離婚是什麼意思嗎？」

小寶搖搖頭。

鄭安然低聲說：「爸爸跟媽媽和熊爸爸熊媽媽一樣，以後不會吵架，也不會生氣了，這樣好嗎？」

小寶點點頭，接著問：「是不是，小寶要有新的熊爸爸了？」

「誰跟你說的？」

「阿婆，阿婆說的。」

「阿婆說錯了。」

「那小寶，會有新的熊媽媽嗎？」

「也不會。」

「小寶想要跟原來的熊爸爸熊媽媽抱抱。」

「媽媽知道。」

「那媽媽答應嗎？」

「媽媽答應。」

鄭安然看著車窗外，夕陽下，臺北市的路燈緩緩亮起，像是另一排各自發光的小小太陽，隨著車的前進，閃著霓虹的招牌在一旁往後流動過去，小寶伸出自己的手，抓住她的手。

「媽媽，等一下可不可以抱我？我不要走路。」小寶要求。

「好，媽媽現在就先把你抱好。」鄭安然說。

第十四章 二〇一九年

二〇一九年的春天，法國發生了一場火災。一般來說，火災並不是多麼新奇的事件，但這場受到世界關注的無情大火，燒在巴黎聖母院，這棟佇立在歷史中的美麗建築，在眾人驚訝的目光與遺憾的嘆息中，燒毀傾頹。

法國總統馬克宏鄭重宣布重建巴黎聖母院的決心，然而巴黎聖母院的重建工程相當龐大，估計需要至少十億歐元，即使在經費充足的情況下，完整修復聖母院，預計將花費二十年或更長時間。

人們總是抱持著信心，相信美麗的事物，會在同心協力下，一切恢復如昔。

真的認真去想，袁實恩也不知道那一連串的相親式約會是怎麼來的，只隱約記得是從今年的年初開始，某天吃飯時，阿虎突然說：「晚上帶個我大學室友的前女友給你認識，人很溫柔，身材也不錯，基本上你是有點配不上人家的喔。」

接著袁實恩就開始了一連串的約會行程。

好幾個月，那些女生，林林總總，就像坐在一艘大船上，陸陸續續從貨櫃中被一一卸載下來，而袁實恩就像一個海關人員，拿著厚厚的驗關單，一項一項檢驗著商品，看不清楚標示的紙盒就拿起來搖一搖，有疑慮的品項就退回去，這樣比喻似乎不太好，可是在與那些對象見面時，袁實恩確實有那樣的感覺。

令他有點印象的，是叫做娜娜的女孩，她一頭波浪橘髮，表情冷淡，穿著細肩帶上衣，牛仔外套，跟一件南洋風情的長裙。

娜娜看到袁實恩便說：「我跟你一樣，不抱任何希望來的。」

袁實恩不知道該說什麼，只好禮貌地詢問：「那麼，我們繼續點餐嗎？」

娜娜點點頭，漫不經心地打開菜單，選了鮭魚沙拉跟氣泡水，就不再點其他的東西。袁實恩點了生火腿三明治，除了例行的自我介紹與過去的旅行經驗外，

沒有太多有趣的話題，直到晚餐結束，兩人去地下停車場牽車時，娜娜突然將身體靠向他，抓住他的後頸，衝動地狂吻起來。

事後袁實恩只記得那個約會裡存在著強烈的反差，冷淡吃著粉色煙燻鮭魚的娜娜，跟瘋狂啃嚙他人嘴唇的娜娜，住在同一副橘紅波浪鬈髮的身軀裡。幾個星期後，有次在電視上，一個穿著白袍的獸醫解釋狂犬病的發病過程，竟令袁實恩想起她。

另外有一組對象，袁實恩的記憶中是成雙的——她們的名字都叫做海倫，好海倫與壞海倫。

壞海倫，是在冬天的時候見面的，「不好意思，我不是很容易相信別人。」她說完這句話，便用正經嚴肅的眼神看著袁實恩。

「跟我見面之前，你去了哪些地方？」壞海倫的眼睛很大，每次約會，總是在袁實恩說話時，如調查員一般地搜索他臉上的線索，「你上次是這樣說的嗎？」「要不要再想清楚一點？」「你的表情不太對，你為什麼這麼緊張？」這幾句話，是壞海倫的口頭禪。

他們吃了三次晚餐，袁實恩用一種婉轉的方式，提出未來不再見面的想法，

「我最近會很忙，可能以後不能常出來跟妳吃飯。」

「就算是很晚的晚餐也不行嗎？我可以等。」

「也可能不行，我忙起來都不吃晚餐的。」

「我懂了。」壞海倫說：「你想清楚就好。」

後來連續一個月，辦公室總有署名給袁實恩的包裹，裡面裝的都是前一天吃剩的餐點。

而好海倫，是最近袁實恩的約會對象，據說也是阿虎的朋友的朋友，阿丹覺得她很漂亮。好海倫在銀行的客服部門工作，體型嬌小，個性體貼，笑起來有兩個梨渦，是最接近完美的一位。但幾次見面後，袁實恩仍然無法繼續下去，說不上來有任何特別的原因，可能是因為她的名字也叫做海倫的關係。

那一段時期，袁實恩腦中經常一片模糊，他不知道那幾個月，那些女生和無窮無盡的約會是怎麼來的，但他明確記得結束的時間點，那天，妹妹從香港打了一通電話來。

檢察官在陳述案件時，說她和男友殺死了她的孩子，「該名幼童因早產造成腦傷，嚴重發展遲緩，生活需要旁人二十四小時日夜看護，令照顧者心力交瘁……。」

接著法庭中出現了幾張照片，以各種角度呈現孩子臉上與身上的傷，他的鼻孔流出大量鼻血，鎖骨與大腿骨斷裂。

「證據顯示兩人以重物將幼童的後腦敲碎，因腦部多重外傷而導致死亡。」檢察官說得氣憤，語氣越來越不滿，「原本一個從腦傷中努力站起來的孩子，幾年後又因腦傷而死。」他要求法庭從重量刑。

鄭安然坐在後排的椅子上，雙手抓得泛紅，站在前排的女性被告是她的朋友，死亡的孩子也是小寶的朋友，她記得孩子的名字裡有「藍」這個字，因為那孩子曾經說過，天空是藍的，海也是，都是他最喜歡的地方。「天空跟海都很美喔。」鄭安然對孩子說，他們是在感覺統合中心認識的，她都叫他小藍，小寶不願意脫鞋進教室時，小藍伸出腳，讓小寶看他的襪子，「我也不喜歡脫鞋，所以媽媽給我穿這個襪子。」上面畫著一雙鞋子的圖案，還有鞋帶。

小藍走了。

離開法院，鄭安然搭公車到市中心，距離孩子下課還有一些時間，她坐在附近的長椅上，喝一杯咖啡，好看的風衣裡面，是一套平價的運動服。在鄭安然的後方是一家女鞋店，陳列櫥窗裡的商品，是幾雙時髦的靴子，對映著她腳上破舊的球鞋。有個店員走過來發活動傳單給她，「今天有活動，第二雙半價，參考看看。」她說了聲謝謝，笑著收下，但沒有回頭看那些正在促銷的女鞋。

這一天的鄭安然很累，幾年來，離婚，離職，兼職，陪著孩子上課，那些看似毅然決然的決定，都不是那麼毅然決然。曾經她以為這些都只是暫時的決定，一旦過了關卡，挑戰成功，她就得以回去原來的人生，直到她終於看清其中的艱難，她是一根傍在窗邊的蠟燭，每點上一次火，就會迎上窗口的風。這世上，也有幾棵在春天長不出新葉子的樹，她不再對未來寄託任何期望，也不再奢望變得美麗、事業有成、獲得愛情、幸福無慮這類的事情，現實令她忘了過去年輕時，光亮熱鬧的世界。

那個世界無情拋棄了她，和許多像她一樣的，生出帶有缺陷孩子的媽媽。

鄭安然看了手腕上的錶，時間到了，她站起來，把喝完的咖啡和傳單，一同扔進垃圾桶。

＋

「媽有點怪怪的。」妹妹說。

「怎麼個怪法？」袁實恩問。

「那天她在打牌，我替她倒茶，她很客氣地把小費塞到我手上。」

「這麼有禮貌啊？」

「媽不認得我了。」電話線上的妹妹哽咽著：「我喊她來吃飯，她還問芳姨，我是不是新來的幫傭？」

袁實恩請了假，從上海搭飛機回到香港。

眼前是他的母親，她坐在垃圾桶旁邊，公園的長椅上。妹妹說，情況時好時壞，媽媽有時認得她，還會說些小時候的事，倒是這幾天，看到大哥，她幾乎完全不認得了。「怎麼會這麼快？」妹妹搖搖頭，說醫生安排了幾項檢查，「醫生說不一定是失智，也有可能是腦出血。但媽說她沒事，叫我們不要浪費力氣，她每天就打扮得好好的，在這裡坐上幾個小時。」

下午的陽光灑在母親的臉上，她兩手握著皮包的手把，頭向著左側微微仰著，看起來像個少女，正在等人。

「媽。」袁實恩走上前喊她，「媽。」

「坐啊。」母親拍拍她旁邊的座位，幾隻鴿子圍繞在她的腳邊。

袁實恩不確定地坐了下來，母親沒有特別的反應，他想握住母親的手，卻不知道這是否是一個好的舉動。

「再坐十分鐘，就要趕快回去煮飯了，你爸爸啊，每次天還沒黑就喊餓。」

「媽，爸爸已經不在了，妳忘了嗎？」袁實恩說。

「他早上趕時間出門，沒帶傘，要是淋雨，肯定頭痛。」

袁實恩不再多說，他望著公園前方的鞦韆，想著小時候的事。

「帶我去旅遊吧。」母親突然說。

「什麼？」

「不是說過好幾次，要出國去玩嗎？」

「妹妹說妳得去醫院檢查。」

「不去。」母親搖搖頭，她像個下定決心要參加考試的有志青年那般說話，「不去醫院，我要去旅遊。」

「好⋯⋯。」袁實恩有些遲疑，「那我們全家一起去，找哥哥和妹妹都去。」

「讓他們留在家陪你爸爸。這次我只想跟你一起。」

「好。」

母親轉過頭來，她意味深長地看著袁實恩，感嘆什麼似地接著說，「看看你，這麼多年了，都是同一個樣子。」

「我長大了許多吧？」袁實恩摸摸自己的臉。

母親搖搖頭，伸出食指比劃他的心：「你這裡都是一樣。」

袁實恩點點頭，他不確定此時此刻母親將他看作什麼人。他抬頭看著站在遠處的妹妹，對她點點頭。

「有時候，你不懂人的心喔。」母親又似乎想起什麼，沒頭沒腦地說了這一句。

「我是不懂。」

「臺灣吧，就這麼說定了。」母親說，「我們去臺灣。」

＋

等到前往臺灣的旅遊真的成行時，袁實恩母親的狀況已經更不好了。

醫生看著電腦上斷層掃描的片子，說腦中有兩個血塊，推斷是幾次的中風累積而成，但也不排除其他的可能。此時母親經常認不得人，從上個月開始袁實恩對她來說，是旅行團的領隊先生。

「領隊先生，今天的行程是什麼呢？」母親問。

「是九份，我們要出發去九份老街，飲茶看燈籠。」

「喔，是嗎？」

「九份的階梯多，要穿好的運動鞋比較好。」

「知道了，準備好的運動鞋一雙。」母親乖順地點點頭，「特別謝謝你的提點啊，領隊先生。」

過去袁實恩並不是特別相信宿命的人，然而也會有些時候，他不得不相信命運要把他帶到特定的地方去。比如說這一天，在九份彎彎曲曲的街道上，當他牽著母親上階梯的時候，一抬頭，便遇見牽著孩子，正在下階梯的鄭安然。

四個人坐在擁擠的茶館中，袁實恩與鄭安然，以及一老一小，形成了奇妙的組合。

袁實恩的母親對著鄭安然，用著粵語相當熱絡地說：「我說多巧啊，出國繞一圈，在這裡都能遇到妳。」

鄭安然笑了笑，「上回在香港見了一次，還拿了您的衣服。」

「哪裡是見了一次？我都見妳從小長到大的。」

鄭安然一頭霧水，老母親伸出手摸了她的臉頰，高興地叫著：「文文啊，妳怎麼無聲無息地，一個人跑到臺灣來，又突然有孩子了？」

「嗯？」

「她不是文文。」袁實恩對著母親說。

「她就是文文！」老母親激動起來，她既疑惑又生氣地問：「這不是文文會是誰？嗯？妳是文文吧？」

「抱歉。」袁實恩露出歉然的表情，低聲向鄭安然說明，「她以為妳是我們鄰居家的小孩。」

「文文，妳姊姊呢？最近她也不知道跑到哪裡去了⋯⋯。」老母親問。

「姊姊很好，晚我跟她說，叫她有空去看看妳。」鄭安然微笑，那是一個非常美、帶著體諒的笑容，她轉開話題，問著：「好餓啊，喝茶不夠吧？我們來叫些點心好嗎？袁媽媽喜歡吃什麼？」

「都好都好，欸，妳別忙，讓領隊先生去張羅。」老母親對著袁實恩揮了揮手，袁實恩便順從地站起來，向服務生要了菜單。

窗外下起細細的雨，若有似無。

袁實恩瞇著眼睛看著在角落桌邊的鄭安然，想起母親年輕時，穿著長裙，一個人帶著三個年幼孩子，坐在一起飲茶的樣子，那模樣和鄭安然有點相似。

不久後，桌上擺上冒著熱氣的茶壺與四盤臺灣道地的小菜。

「文文啊，這幾年不見，妳過得幸福嗎？」

因為母親一直說著粵語的關係，袁實恩便跟在一旁翻譯著：「袁太太問妳過得幸福嗎？」

「我過得很幸福，謝謝關心。」

「奇怪，文文，妳現在怎麼都不說廣東話了？」

「不知道為什麼退步了。」鄭安然調皮地眨著眼睛。

「但文文的普通話進步很多喔。」袁實恩強調。

「飛躍式的進步，我現在說話跟當地人都沒有差別了。」鄭安然笑出來。

「文文啊，妳怎麼一個人帶著孩子呢？沒見到妳先生一起來？」

「熊爸爸跟熊媽媽，沒有住在一起。」孩子突然開口回答，鄭安然摸摸他的

手臂。

「先生他工作忙。」

「哎喲，跟妳姊姊一樣，是個大忙人吧？」老母親嘆了口氣，「唉，得空跟妳姊姊說啊，男人就罷了，女人工作成這樣不值得，都變成老小姐，像妳這樣，結婚了，有丈夫又有孩子，多好……。」

袁實恩小小聲地跟鄭安然解釋…「文文的姊姊是凱西。」

「啊，原來。」鄭安然理解地點點頭，她轉頭跟老母親說…「姊姊能力很強，喜歡工作，她很會賺錢喔。」

老母親突然神祕兮兮地抓著安然的手不放，她壓低聲音接著說…

「其實妳姊姊喜歡工作也好，唉，本來想說湊合她跟實恩一起過日子，結果不成……你還記得實恩哥哥吧？那孩子，從小就是個死心眼，好幾年過去，他除了工作，就中意那麼一個臺灣女孩子，也是妳姊姊公司的同事吧？聽說對方都結婚生子了，他還單戀人家……以為我看不出來，這世上哪有孩子瞞得過媽媽的……。」

╬

袁實恩想要多跟鄭安然相處些時間，卻不知道該怎麼開口，他結完帳，準備

回到坐位時，看見一個男人站在那裡。

是張向誠。

「你怎麼來了？」鄭安然緊張地問。

「安欣臨時有點事情，打電話要我來幫忙接小孩……你不是說今天傍晚有事，要安欣先來把孩子帶走嗎？」

鄭安然說不出話，接著張向誠看見了走過來的袁實恩，他牽了孩子的手，向對方做了一個軍人敬禮的動作。

✟

儘管天色漸漸暗了，老母親仍舊入迷地穿梭在各式各樣的紀念品店裡挑著禮物，袁實恩和鄭安然只好站在一旁等待。

「不好意思啊，我本來打了電話，讓安欣來接孩子回去午睡，想說你們來臺灣，我可以帶你跟袁媽媽去附近走走……沒想到……。」

「我也不好意思啊，讓妳坐在那裡，聽我媽媽講了那麼多話，現在又站在這

邊，等貴婦逛街。」袁實恩回道。

「袁媽媽不記得我，把我認成別人了。」

「嗯。」

「為什麼呢？」

「她前陣子中風，腦子變得不太靈光。」

「喔。」鄭安然點點頭，安靜了一分鐘後，她說：「全都是廣東話喔。」

「啊？」

「你媽媽對我說的都是廣東話。」

「是啊，全都是廣東話。」

「她對你說國語，對我說廣東話。」

「因為妳是鄰居文文，我是臺灣領隊嘛。」

「凱西最近好嗎？」

袁實恩有些尷尬，他問：「我媽說的那些話，妳聽得懂？」

「少少的。」鄭安然笑了一下，她用粵語說著：「少少。」

伴隨著冷風，九份大紅的燈籠亮了起來，在昏黃光影搖動中，袁實恩轉頭看著鄭安然，他是怎麼一而再再而三地，讓她從自己身邊溜走的？

「我想起那時候，妳在香港住了三個月。」

「當初那個小嬰兒，跟一隻小貓一樣，現在都長那麼大了……。」鄭安然對著空氣，比了比孩子的身高，感慨地說。

「是啊。」

「那時我還以為會失去他。」

「妳不會失去任何人的。」袁實恩淡淡說了這句話，意味深長。

如果這世界上有一臺機器，把所有人看見的、關於袁實恩與鄭安然的相處細節，都蒐集好放在一個資料夾裡，他們就會知道，他們屬於彼此。

可惜世界不能這樣運作，沒有人把自己看見的——告訴他們，那些枝微末節

四散在各處，他們也沒有辦法，只靠表面的幾句話，知道這件事情。

「熊爸爸跟熊媽媽？」過了一陣子，袁實恩開口問。

「冬眠以後就簽字離婚了。」鄭安然說。

袁實恩伸出手，要替鄭安然提背包，「妳揹得動嗎？」

鄭安然回：「還可以。」

她注視著袁實恩，袁實恩也注視著她。

「欸，領隊先生啊，」老母親站在櫃檯前面，用不標準的普通話，大聲喊著：

「我怎麼沒帶錢包啊？」

「喔，我來幫妳付錢。」袁實恩走上前去。

「那怎麼行？」

「妳兒子把錢包寄放在我這裡。」

袁實恩拿出皮夾來，裝模作樣地展示給母親看，「喏，袁太太，妳看，他的

「錢包在我這。」

「那是你的錢包。」

「妳的兒子有交代，到了臺灣想買什麼，都可以盡量買。」袁實恩自顧自地說著。

「我哪個兒子說的？」

「實恩啊，袁實恩。」他把皮夾裡的身分證件抽出來給母親看，上面是他大學畢業的照片，「妳看。」

老母親看到兒子的照片，總算安心地笑了，「呦，真的是他的皮夾，你沒騙我，領隊先生。」

「我當然沒騙妳，妳自己想想，天底下哪個領隊會自己掏錢幫團員買東西呢？」

「我那個兒子特別好。」老母親滿意地表示。

「是啊，妳那個兒子特別好。」袁實恩露出與母親相似的笑容，附和著她。

第十五章　二〇二〇年

輪到四年一次的閏年，代表今年的二月有二十九天，
一年有三百六十六天。

這一年，由一件國際突發公共衛生事件開始。全世界
各地，受到新型冠狀病毒襲擊，遭遇了重大的改變，
美國總統川普、英國首相強森和法國總統馬克宏都確
診肺炎，全球經濟活動陷入停頓狀態，各國嚴格管制
出入境，並要求民眾減少群聚活動，將人際交流降到
最低。

根據報導，英語世界三大辭典的年度熱詞，都選中與
疫情有關的相關詞，如封城、隔離、社交距離。

拿著茶杯在房子裡走動，袁實恩回頭看了身後，鄭安然正在廚房切水果，刀子咚咚咚地在砧板上發出細小敲擊的聲音。「他睡著啦？」鄭安然問。「睡了。」袁實恩回答。

咚咚咚，咚咚咚，袁實恩在那個安穩的節奏裡，放心地喝下一口茶，讓溫熱的感覺由上而下地流動進身體，這是真的，他在心裡對自己說，這些好的事情，像天空中的一群候鳥擺出陣型，漸漸地朝他想要的方向靠攏飛行。

✝

都是從一個容易的小事件開始的，接著慢慢累積。

十個月前，鄭安然到新加坡拜訪客戶，袁實恩剛好在當地進行企業訓練課程，當時疫情已漸漸傳播開來，病毒如飢餓的狼群，在草叢中目光炯炯、蓄勢待發，新加坡政府臨時發布新的防疫與隔離政策，他們便留在了那裡。

「妳回程的班機也取消了嗎？」在新加坡的機場大廳，袁實恩走到鄭安然的面前，正在打電腦的鄭安然抬起眼，看著他滿臉的鬍渣。

「你怎麼在這裡？」

「我都想問自己，我怎麼還在這裡？」

「你在機場等很久了嗎？」

「這是第三次來了。」袁實恩懊惱地表示，「今天，昨天，前天，我都來過，我是不是在這裡註冊上學好了？」

「看來我要搭到飛機的機率很低，」鄭安然闔上筆電，嘆了一口氣，她指指袁實恩說：「畢竟連領隊先生都被卡在機場，完全出不去了啊。」

✛

嚴峻的疫情中，袁實恩申請在臺灣負責的一個行銷項目，居然通過了，由於來回需要隔離的時間很長，公司便直接批准讓他待在臺灣三個月，處理當地的新品上市與通路活動。

那三個月是整整一個夏天，疫情如野火蔓延，鄭安然的孩子經常停課。

「連學校的游泳課都沒有了……。」共進晚餐時，小寶向袁實恩抱怨。

「不上游泳課不好嗎？叔叔小時候好討厭游泳。」

「沒有老師教你怎麼游嗎？」

「就是有老師才最討厭啊。」

「哇，這麼多年過去了，」鄭安然忍不住笑了，「你又要提學游泳的事情。」

「我要聽，說給我聽。」孩子抓著袁實恩的手臂。

「我啊，小時候學游泳，有個體育老師好討厭，他又胖又凶，每次都用手臂用力夾住我的脖子，把我在水裡拖來拖去，我那時候才七歲。」

袁實恩誇張地模仿教練粗魯的模樣，露出厭惡的表情。

「實恩叔叔就是這樣學會游泳了嗎？」

「欸，不趕快學會不行啊，教練的腋下好臭，蛙式的時候被他夾著還可以忍耐，學仰式時我鼻子塞著他的腋毛，整個人都要昏過去了。」

✛

在臺灣的專案工作結束後，袁實恩回到上海，鄭安然下個月就跟著來了。她帶著孩子一起住在飯店裡，工作時，孩子就在一旁上遠距課程，下課後，鄭安然

會打開影片，兩個人在陽臺，跟著電腦裡的螢幕，一起做體操。

以鄭安然的說法，那間飯店碰巧離袁實恩的住處不遠，出門在外有人可以一起吃飯，也是很好的事。有時候，孩子吃飽了，就在袁實恩家中的沙發上睡著了。

孩子占住了沙發，睡得香甜，袁實恩與鄭安然便坐在地上，像野餐似地吃著零食。

「週末你們還待在上海嗎？」袁實恩問，鄭安然點點頭。

「那麼，放假時，你們最喜歡做的事情是什麼？」

她歪著頭想，接著說：「玩撲克牌。」

袁實恩詫異：「玩一整天嗎？」

「不然怎麼辦？現在的情況，又不能隨便出門。」鄭安然說：「而且我很會玩牌，遊戲規則是贏的人可以吃一片洋芋片，上次我連續吃了兩大包，小寶為了這個還哭了。」

週六晚上，鄭安然提議在家裡做飯。那是鄭安然第四次來上海，卻是第一次，在這個租來的房子裡，有女人在袁實恩的廚房做飯。

鄭安然說，在外面吃飯感覺好累，「這幾年我在餐廳吃夠了，現在不出門，也不吃虧。」

「而且餐廳裡不能玩撲克牌。」袁實恩補充。

「是啊，就是這個原因，給我帶來很大的困擾。」鄭安然正經地點頭。

拉著年幼孩子的手，他們去了超級市場。

市場格外擁擠，人們懷著著急的心情，大把大把地將日用品搬到推車上，好像商品都是免費的。鄭安然走在前頭，她已經在網路上看好食譜，並且把需要購買的食材一項一項地抄寫在紙上，袁實恩在後頭跟著，覺得她的背影格外瘦弱。

她買了雞蛋，挑了絞肉、紅色的番茄、豆腐、洋蔥、白蘿蔔和紅蘿蔔，敵不過孩子的要求下，拿了巧克力牛奶與印製著卡通動物的燕麥片，在結帳櫃檯排隊時，她又突然回頭跑去抓了幾包洋芋片。

「這是搭配撲克牌的。」她說。

「那多買幾包，免得都被妳吃完。」袁實恩又抓了好幾個不同口味。

「冰淇淋，冰淇淋。」孩子指著角落的冰櫃吵著要買，鄭安然搖頭，但袁實恩牽著孩子過去抱了兩桶。

「剩下最後兩桶，不買的話感覺不吉利。」袁實恩辯解。

回到家時，天色已暗。袁實恩忙著把冰淇淋和牛奶放進冰箱，其餘的食材依序放在料理臺上，臺子太小，放不下所有的品項，鄭安然在廚房上上下下的櫃子中尋找做飯需要的器具，兩個人在廚房裡忙碌時，孩子將燕麥片倒得滿地。

「你有圍裙嗎？」鄭安然問。

「沒有……。」

「你有掃把嗎？」孩子問。

「也沒有。」

鄭安然試圖打開瓦斯爐，火點不著，似乎故障了，袁實恩試圖要修，搞得滿頭大汗也修不好。

「外賣要等五十分鐘。」袁實恩望著手機喪氣地說。

「耶，那我們吃冰淇淋當晚餐。」孩子打開冰箱門，向他們提議，他露出如成人般睿智的表情，「還好我們買了兩種口味，而且是家庭號喔。」

✝

小寶拿著故事書，要袁實恩念。

「剛吃飽飯，實恩叔叔累了啊，你先放下書，媽媽晚一點再念。」鄭安然說。

「只要一個故事就好。」小寶伸出一根食指，「一個故事不會很長。」

「我不累，可以念。」袁實恩接下故事書。

大嘴鳥和蚌的故事。

「有一天天氣很好，住在湖裡的蚌，跑到湖邊晒太陽，在暖暖的陽光下，蚌覺得好舒服，所以一不小心張開了大大的蚌殼……。」

「實恩叔叔，蚌是什麼？」

「就是在水裡生活，像蛤蜊一樣的動物。」

「喔。」

「突然間，一隻大嘴鳥悄悄地走了過來，牠想吃蚌的肉，用尖尖的嘴巴，啄了下去。」

「我媽媽也很喜歡吃蚌殼的肉。」小寶補充。

「我也喜歡。」

「那你們兩個可以去住在湖邊。」

袁實恩笑了，他繼續念著故事，「蚌萬萬沒有想到，只是晒個太陽也會碰到壞人，他馬上把蚌殼閉上，緊緊夾住了大嘴鳥的嘴巴。這時候，大嘴鳥生氣了，牠對著蚌說，你快張開蚌殼，不然我就咬住你的肉！」

「為什麼蚌把大嘴鳥的嘴巴夾住了，大嘴鳥還能說話呢？」

「可能就是嗚嗚嗚咿咿呀呀地說話。」袁實恩用手指把嘴捏起來，模仿大嘴鳥說話。

「喔。」

「蚌也很生氣地說，你這隻壞蛋鳥，我要夾住你，你就會站在這邊餓死的。

大嘴鳥跟蚌誰也不讓誰，直到一個漁夫走過來，他一把抓住鳥跟蚌，一起帶走了。」

「漁夫會把他們怎麼樣？」小寶露出驚恐的臉，「他會吃掉牠們嗎？」

「漁夫不會怎麼樣，他是個好人，應該就是把蚌跟大嘴鳥兩個帶回家玩，一起過著快樂的日子。」袁實恩自行把故事做了快樂的結尾。

「像實恩叔叔有時候會帶我跟媽媽回家一樣嗎？」

「嗯，有一點像。」

✢

「這個是你的嗎？上回放在浴室的檯子上。」

「啊，原來在這，我找了好久。」

鄭安然拿起項鍊，收攏頭髮，玫瑰金的鍊條，串著小小一顆珍珠，乖順地躺回主人的鎖骨上。

「好看嗎？」

「很適合妳。」袁實恩點點頭。

「這是我積點換來的。」鄭安然露出得意的神情。

「積什麼點？」

「百貨公司消費，可以積點換珠寶。」

鄭安然說，那是她擁有過最貴的珠寶，袁實恩不相信。

「怎麼可能？以前男朋友沒有送過妳東西嗎？」

「就是沒有。」

「結婚的時候呢？」

鄭安然搖搖頭。

「那怎麼可以，我送妳一條。」

「欸，你不要以為我在暗示什麼喔。」鄭安然伸出手指指著袁實恩，「我不

需要男人送我什麼，我自己慢慢累積，用積點換就可以。」

這件事袁實恩一直沒有明白過來，像鄭安然這樣的女人，聰明漂亮，絕對有足夠的本錢，得到男人昂貴的禮物，她是不想要？還是真的沒有人好好待過她？

回到臺灣後，鄭安然收到一個包裹，一個小小的絨布盒，裡面裝著一條帶有小珍珠點綴的手鍊，「今年公司中秋節抽到的獎品，給妳。」卡片上是袁實恩的筆跡。

隔週袁實恩收到一支功能複雜的電子手錶。

「這是我集點換購的，報答你。」

便利貼上鄭安然沒有署名，她畫了三個燦爛的笑臉，以及日本動畫片《貓的報恩》裡，一隻穿著灰色西裝戴著同款禮帽的貓男爵。

✛

拿著茶杯在房子裡走動，袁實恩回頭看了身後，鄭安然正在廚房切水果，刀子咚咚咚地在砧板上敲擊，聽來就似一顆顆果實掉到泥土上的聲音，這是第五次，還是第七次？她在他的房子裡。

吃完水果後，鄭安然從餐椅站起來，走到書櫃旁邊。

「你的書好多。」鄭安然說。

「最近是多了一些。」

「喔，你還留著高中的數學課本？」

「有時候無聊，會拿出來把題目寫一寫。」袁實恩露出尷尬的笑容。

「這題說不定我也會。」鄭安然翻開一頁，伸手拿了一枝筆。

袁實恩站在她身後，他從背後看著她解題，聞到她身上的香味，鄭安然喃喃自語地念著題目，陷入了思考，他因此鼓起勇氣，又靠近了一點。

我在做什麼？

袁實恩有事情想要問她，他想要跟她定下確定的未來，他想要聽她親口說好，他感覺自己就像站在兩棟摩天大樓中間的一條細鋼索上，沒有任何安全措施，風勢忽強忽弱。是不是在開口前該放一段柔和的音樂？還是先把燈光調暗一點？會不會說錯一句話，或是做錯一個動作，她就會如神燈精靈一樣，噗地一聲

就消失不見？

鄭安然拿著書皺著眉頭，她移動了位置，咬著筆坐在書桌前面。

如果她對我是假裝的，那她也裝得太像了？

她不可能不愛我，不然她為什麼會在我的書房裡，拿我的筆，解著我的數學題？

悶燒。

袁實恩感覺到自己的慾望與害怕，同時燃起熊熊的烈火，在他的身體內部

還是我應該要搞笑，先讓她笑，讓她開心？

為了讓自己的腦袋冷靜下來，袁實恩走出房間，他倒了一杯滿滿的水，打開冰箱抓了五顆冰塊，冰塊在他手中迅速融化成水滴。

「我在想……。」

「我也在想，快好了，你不要說話，不要告訴我答案。」

袁實恩等著她，幾分鐘後，鄭安然得意地拿著課本走了過來，上面寫著幾行

算式。

「是不是這樣？」她在袁實恩接過課本時，用舌頭發出答答答的聲音，催促他解答。

「這是資優生的解法。」袁實恩回答。

就在鄭安然愉快地漾開笑容時，他立刻接了下一句，毫不相關的句子，「我聽樓下的管理員說，隔壁棟在租一個房子，比這裡大一些。」

「什麼？」

「有個大一點的地方⋯⋯我在想，有時間的話，要不要過去看一下？」

「你想換大房子啊？」

「或許我們可以一起⋯⋯一起住進去⋯⋯。」袁實恩說這話的同時，看見鄭安然的臉上出現了疑惑的表情，他連忙解釋起來⋯「是這樣的，我一半的時間在香港，妳又常來上海工作，我想，我們是滿合適，一起租個房子分著住⋯⋯。」

鄭安然沒有說話，袁實恩便緊張地把沉默的空白填補進去⋯「我見公司的其

他同事也會這麼做，大家都是朋友，房子輪流使用，滿省錢⋯⋯那裡有兩個房間，有客廳，也有廚房，妳帶著孩子來比較方便，不用住飯店⋯⋯。」

一連串的語無倫次中，袁實恩特別強調了「仿效其他同事的作法」、「輪流住」、「兩個房間」、「大家是朋友」、「目的是為了省錢」這幾個重點，想讓鄭安然放下心來。

鄭安然安靜地聽他說明。

「當然只是看一看⋯⋯。」袁實恩說：「妳如果不想的話⋯⋯。」

「一個房子大家分著住，是不是年輕人很流行的作法呢？」鄭安然問。

「是資優生的解法。」袁實恩回答，他想要自己看起來很隨興，卻感覺雙手都在冒汗。

「好啊，去看看吧。」這一次，鄭安然沒有讓袁實恩等太久，她露出微笑，他也跟著微笑。

「不過呢，」鄭安然用手指點點自己的太陽穴，象徵自己聰明過人，她說：「一定要先確定，那間廚房的瓦斯爐沒有壞掉，當場能煎蛋。」

第十六章 二〇二一年

肆虐全球的新冠肺炎疫情未見好轉，原訂於二〇二〇年舉行的東京奧運，延宕至二〇二一年的七月才正式開幕，儘管如此，此次奧運無視於時光的流動，依舊被固執地稱為「二〇二〇東京奧運」。開幕前，東京等地疫情仍持續升溫，導致爭議聲音不斷，東京奧運財務長森谷靖甚至因此驚傳跳軌自殺，各方說法與批評層出不窮，「貪婪」、「不知進退」、「燒錢過度」、「罔顧運動員性命」、「泡泡般的平行時空」，都為此次命運多舛的東奧，蒙上了塵埃。

訊息。

鄭安然：在忙嗎？

袁實恩：每天都忙，今天星期幾，中午吃了什麼，全都想不起來。

鄭安然：你是不是跟小寶說過，小時候你在學校撿了一隻狗？

袁實恩：對啊，他跟妳說了？

✝

校長室內，鄭安然與張向誠以家長的身分在椅子上坐著。

兩個小時前，他們的孩子離開課堂，坐在學校頂樓的牆邊，搖晃著雙腳，校方趕緊報警，動用三個警察、兩個老師，才將孩子安全抱了下來。

正午的陽光刺眼，在教師陪同下，小寶回去教室吃中飯。

校長說了很多，詳細逐字的對話，鄭安然已經無法記得，她只記得校方傳遞了幾個訊息——

「孩子個性安靜，不擅溝通。」

「因多種原因遭到幾位同學霸凌。」

「數次被推下樓梯。」

「學習落後，學習動機薄弱。」

「需請專業機構進行評估。」

「擅自離開教室的動機不明。」

「特殊孩童需要更多父母的關懷與陪伴。」

「雖然本校已竭盡全力支持，但孩子不適合本校環境。」

最後校長轉頭看著鄭安然，提出疑問：「聽說您的工作，需要經常出國是嗎？」

✝

走出校園，張向誠提議：「我車停在對面，要不要送妳？」

他的臉色不好，手錶也戴反了。

鄭安然搖搖頭，一時之間她不知道該去哪裡，只說：「不用了，我想走一走。」

「他說妳要結婚。」張向誠沒頭沒腦地接了一句話。

「小寶跟你說的？」

張向誠點點頭。

「我沒有要結婚。」鄭安然回答。

「但小寶說自己快要有新的爸爸了。」

「你覺得小寶是因為這樣才跑到頂樓去的？」

「他還說你們準備要搬家。」

鄭安然嘆了一口氣，在她觀察下，小寶跟袁實恩相處得不錯，之前也從未有兩人要結婚的討論，她不明白這一切所為何來。

中午的天氣很熱，學校路邊的麵店開始營業，從鍋爐冒出的一股熱氣撲在張向誠身上，他轉過頭看著鄭安然，似乎下定決心要把話說清楚。

「小寶在學校被欺負，妳知不知道為什麼？」張向誠問。

「他什麼都沒說。」

「妳不知道的話可以問我，我完全知道為什麼。」張向誠提高了音量，把完全這兩個字說得又大又響。

「你完全知道為什麼？」

「因為他是笨蛋。」

「這是什麼意思？」

張向誠聲音提得更高，他站在路邊喊起來：「因為我們的兒子是笨蛋，妳還不明白嗎？一個又笨又沒有人關心的小孩，他媽媽有一半時間跟別的男人待在別的地方⋯⋯這種笨蛋邊緣人，誰都可以拿他怎麼樣！」

「那你呢？你扮演什麼角色？」鄭安然對上張向誠的眼睛質問。

「妳把小孩帶來帶去，明天香港，後天上海，我能怎麼樣？我有角色嗎？」張向誠激動起來，彷彿跟世界宣告一般，他在馬路上大喊著：「我跟他一樣，也只是一個笨蛋⋯⋯。」

「這是我的錯？你認為這是我的錯？」鄭安然雙眼圓睜，不敢置信地看著張向誠。

「我要讓小寶轉學。」張向誠直接下了結論。

「轉學？轉到哪裡去？事情有這麼簡單嗎？」

「全天下就妳鄭安然最不簡單。」張向誠說了重話，他不顧鄭安然眼眶充盈著淚水，大力搖著頭，繼續說下去：「就讓小寶跟著我，妳去談妳的跨國戀愛吧。」

鄭安然往後退了一步，「我要想一想，我先跟小寶談一談，我們冷靜一下。」

但張向誠絲毫沒有退讓的意思，他吼叫著：「妳他媽要想就趕快想，因為我們的兒子過著分秒必爭的人生，妳看不出來嗎？他除了被推下樓，就只能跳樓！」

幾個路人停下腳步，看著他們吵架，學校警衛聞聲靠了過來。

「先生，你們有什麼事情嗎？」

凝結的空氣中，壯碩的中年警衛站在兩人中間，張向誠這才稍稍冷靜下來，他脹紅著臉，好像受了莫大的委屈，一個人快步地往前走，低聲念著：「我還以為當時妳跟我分開，是想為了孩子好……。」

✟

那年她十二歲，父母擔心準備升上國中的鄭安然跟不上學業，找了一個數學家教來。

家教是個大學生，名字叫做熊匡宇。暑假開始，他會在每天午餐後，下午兩點準時來家裡替她上課。「可以叫我大熊。」他露出爽朗愉快的、年輕男孩子的標準笑容。

一開始，母親對這個大學生難免有些不放心，每次上課前，便要求鄭安然換上長袖上衣，運動長褲，「在老師面前，我們不穿裙子。」在課堂中，母親會坐在房間裡，在兩人的後方盯著，但幾次下來，熊匡宇只是一頁又一頁講解著參考書上的題型，那些無聊又深奧得沒有必要的數學公式，把母親推走了。

每次上課，熊匡宇總是揹著一個藍色的大包包，裡面有球具，有次鄭安然數學解得累了，他拿出一顆羽毛球，兩支球拍，一支給安然，一支拿在自己手中，兩人在小小的房間裡對打起來，受制於房間空間的關係，「要像煎鬆餅那樣打，輕輕的。」熊匡宇說。

鄭安然十三歲生日那天，熊匡宇一臉高興地表示，「原來我們生日那麼近。」他隔天就滿十九歲，「我跟同學明天要去慶生，就在妳家旁邊的保齡球館。」他說這句話時，搭配了一個滑稽的丟球姿勢，然後學火雞拍著翅膀尖叫。

第二天，鄭安然特別打扮了一番，編了藉口說要去文具行。她在一條條保齡球道找尋熊匡宇的身影，看見他和一群朋友正在櫃檯租鞋子，她便靠過去打招呼，「要不要一起玩一場？」熊匡宇讓她站上有不同尺碼的塑膠板上，替她租了一雙鞋，穿好鞋後，熊匡宇在一臺音樂播放機投幣，叫鄭安然挑選歌曲。

才玩不到五分鐘，鄭安然就扭到手，坐在一旁休息，熊匡宇從球袋裡拿出羽毛球拍，他們倆就隔著一張桌子的距離，打起羽球來。

電視正在轉播東京奧運的羽球比賽，鄭安然一個人看得呆呆的，想起了這段回憶。

奧運選手不會用煎鬆餅的方式打球。

保齡球場的那天過後，一直到熊匡宇決定出國念書前，什麼都沒有發生。他依然一週五天揹著羽球拍，來家裡教她數學，偶爾他會聊幾句自己發生的小事，那些細節都被鄭安然記在日記裡。

「我長大以後想要跟你在一起。」這句話鄭安然放在心裡，從未說出來，但熊匡宇的確點燃了一個少女對愛情的想像，她期望自己能跟心愛的人結婚，搬新家，生孩子，煮飯洗衣，她能想到的全都是甜蜜而光滑的，白色瓷器般的美好人生。

國中三年，鄭安然解了無數的數學題，有時她會考得很好，有時會故意考差，那一次次對於分數的拿捏，也只是想讓熊匡宇能繼續教下去，維持一個少女單戀的心情。

✝

在床邊，鄭安然摸著小寶的頭，用輕鬆溫和的語氣開口。

「媽媽問你，在學校上課的時候，為什麼要自己跑到頂樓呢？」

「因為我想要找看看有沒有狗。」

「找狗？」

小寶點點頭，他轉著天真無邪的眼珠，搔搔自己的頭，接著回答：「實恩叔叔有說過，他跟同學一起救過一隻狗，在頂樓，太陽很大，狗狗差點死掉，還好有他們。」

「他跟你說過這個？」

「可惜沒有狗，我找了好久。」

「下課的時候，我好像聽到有狗狗汪汪在叫，我就跑去樓上了。」小寶低下頭，

「真的是這樣嗎？爸爸媽媽以為你去了頂樓，是因為心情不好。」

「媽媽，我可不可以養狗？」

「校長說，走樓梯的時候，有同學故意推你，害你跌倒，這是真的嗎？」

「他們只是在玩吧。」

「你跟媽媽說，在學校的時候，你有沒有心情不好？」

「沒有。」

「你是不是不想媽媽常常出國工作？還是你不喜歡實恩叔叔？」

「沒有。媽媽，我想養狗。」

「真的沒有心情不好？」

「爸爸來學校的時候，抱著我哭了，是他心情不好。」

「爸爸哭了？」

「對，爸爸哭了，一直到看見妳來，他才沒哭。」

✝

週末，張向誠開車來接孩子，趁著鄭安然在後座為小寶調整安全座椅時，他低聲向她道歉，「前天是我太激動。」

「媽媽說我們今天可以去寵物店看狗！」小寶一上車就等不及跟爸爸宣布他要養狗的心意，興奮之情溢於言表。

鄭安然跟張向誠交換了眼神，「不是馬上就要買，媽媽說是可以去看一看。」

鄭安然補充。

「小狗那麼可愛，我們看了就會買。」小寶手舞足蹈。

張向誠轉過頭，看著鄭安然，在駕駛座的他伸長右手，打開前座的車門，「既然是媽媽的提議，不然就請媽媽跟我們一起去吧？」

鄭安然坐在車上，車子平穩前行，她已經許久沒有坐進這臺車裡，之前發生的事，就像一場夢。

張向誠心情似乎不錯，他一邊開車，一邊放著音樂，是他們一家三口都喜歡的歌曲。鄭安然注意到，張向誠顯然好好整理過這臺車，座椅不但乾淨，沒有食物的汙漬，後照鏡還掛了一個香氛袋。

想起新婚時，她工作結束就回家等著張向誠下班，他一回到家，她就問晚餐要吃什麼，有時候吃鍋燒麵，有時候吃麻辣燙，兩人吃完晚餐，就在附近散步，走累了再合吃一碗豆花。

後來他們沒再這麼做，是因為鄭安然總是有其他更重要的事，她抱著電腦工

作，她抱著孩子入睡，也可能是因為張向誠總是心不在焉，醒著跟睡著的差異不大，在客廳打電動，在床上也是在打電動。

如今他們一家人又在同一臺車上。中間經過一個公園，有嶄新的遊樂設施，小寶吵著要進去，他們就一起下了車。鄭安然想著，或許她錯了，或許當時她應該更主動，天天拉著他去散步吃豆花，不知道是哪一天開始，他們便不再向對方提出要求，她曾經那麼愛他，他也是吧，但在婚姻裡，兩人過得動彈不得，就像捕鼠板上全身沾滿黏膠、卻背對背的兩隻老鼠。

「爸爸，你知道嗎？人類的ＤＮＡ，有百分之五十，跟香蕉是一樣的喔。」

「這樣啊？你是怎麼知道的？」

「書上說的啊，其實我們人類有一半跟香蕉都是一樣的。」

「他最近喜歡看這種知識小百科的書。」鄭安然笑著補充。

「不錯嘛，小寶已經認識字了啊？」

「都是實恩叔叔念給我聽的！」

車子開進隧道，陷入一片安靜。

張向誠沉著一張臉，鄭安然轉頭看向窗外。

「爸爸，」小寶接著問：「你覺得自己跟香蕉最像的地方在哪裡？」

「爸爸跟香蕉，最像的地方……。」張向誠關掉車上的音樂，他意味深長地看了鄭安然一眼。

「可能就是我們吃起來都很方便吧。」

✛

睡覺前，按照慣例，鄭安然讀著寓言故事給小寶聽。

「城市老鼠跟鄉下老鼠是好朋友，有一天城市老鼠來到鄉下，鄉下老鼠帶他去麥田，他說，我們這裡有很多麥子，愛吃多少吃多少。城市老鼠卻說，麥子多難吃啊，我住的地方有許多好吃的食物，你來城市玩吧。」

「因為好奇的關係，鄉下老鼠進了城，他們一起溜進了餐廳的廚房，有各式各樣的甜點、蛋糕跟水果，鄉下老鼠正準備大吃一頓，廚房的門打開了，兩隻老

鼠就慌慌張張地躲了起來，過了一會兒，他們回到廚房去，可是當他們正在大吃特吃時，門外又出現了腳步聲，忽然一陣汪汪的狗叫聲傳了過來，鄉下老鼠再也受不了⋯⋯。」

鄭安然低頭看著小寶，穿著企鵝睡衣的小小身體，已經睡著了。

關掉床邊的檯燈，鄭安然把書放回櫃子，走進浴室，她沾溼化妝棉，按壓著肌膚，卸掉白天的粉底與口紅，過程中她停下手，安靜了一陣子，將衣服一件不剩地脫下，瞇起眼睛，看著鏡子中裸露的女人。

剩下一半的眼線，暈開的唇膏，帶有紋路的脖子，鬆垮的乳房，腰腹間的贅肉，粗糙的大腿。隨著年齡增長，關於女人身上具備的條件，這幾年一步一步往下滑，成熟只是好聽的說法。

或許她一直沒有跟袁實恩發生進一步的關係，是這個原因。

洗手檯上與旁邊孩子的髒衣堆在一起的，一條脫線的蕾絲內褲，是昨天未洗的，中間小小的蝴蝶結，幾乎要脫落。鄭安然低下眼，試著用手指撫摸自己，從肚臍，胸口，到鎖骨，卻覺得空空垮垮，分不清是手指還是軀幹失去了感覺，彷彿在摸著一塊隔夜的，潮溼滲水的火腿加蛋三明治。

咬牙活了這麼多年後，是不是應該安於平淡的日子？有許多個夜晚，她都

這樣問自己，她將浴櫃抽屜打開，裡面有個盒子，裝著細心收好的驗孕棒，兩條

線，標註著二〇一三年，如火焰般的夏天，已經過去了。

鄭安然把浴室的燈關掉，獨自坐在地板上，黑暗中只留下手機的光在閃爍，

一則袁實恩的訊息，一則張向誠的訊息，穿插著兩則生鮮超市傳來優惠券即將到

期的通知。

變成這樣的一個女人，鄭安然感覺到前所未有的疲累。她讓訊息保留在未讀

狀態，只打開了商品優惠活動通知。

舒肥嫩煎沙朗限運中，性感透膚絲襪特價四雙$399

剛剛讀的故事中，鄉下老鼠對城市老鼠說，謝謝款待，我想我還是回家，好

好吃我的麥子吧。

第十七章 二〇二二年

重大事件發生後，新聞總是在問，發生了什麼事情？
為什麼會這樣？

俄國與烏克蘭的嚴重衝突，導火線是什麼？

安倍晉三演講時遇刺，起因是什麼？

日本怎麼了，俄國怎麼了，中國怎麼看，美國怎麼說？

萬聖節的夜晚，南韓梨泰院發生恐怖踩踏事件，歡樂
的節慶，戴上面具的人們，連好好吸一口氣都變得困
難。

這些事件中，人類發現自身從未感覺到的黑暗面，或
許活著的時候，沒有一刻能放鬆。

在歷史的洪流裡，我們都站在水裡面，而悄悄地那水
已齊肩，稍有風波，就會淹至口鼻。

訊息。

鄭安然：你好嗎？

袁實恩：我很好。

鄭安然：我聽說了你母親的事，請節哀。

袁實恩：都處理好了。

鄭安然：我這陣子會留在臺灣。

袁實恩：好。

鄭安然：本來說好要一起租的房子怎麼辦呢？

袁實恩：我能處理，別擔心。

鄭安然：你要保重。

袁實恩：妳也是。

簽約新屋的那一天，鄭安然沒有出現。房東說需要立刻做決定，「還有別人在考慮，他們也是一個小家庭。」

兩個月後，袁實恩與九個碩大紙箱，從A棟大樓三樓，搬入C棟十七樓，他把新地址傳給鄭安然。

高樓的光線很好，入住之後的第一個清晨，袁實恩在床上醒來，新家還沒有窗簾，他躺在床的右側，床頭櫃上的時鐘，指著五點四十五分。

根據醫院的死亡證明，母親染疫過世，時間也是五點四十五分。

喪禮結束那天，妹妹交了一個盒子給袁實恩，「是媽媽收的。」她說。

回到家後，他打開盒子，盒子裡面有一些照片，他小時候的衣物，心愛的黃色毯子、書包、毛巾、手帕，上面都繡著他的小名，還有一本筆記本，壓在最下方，封面寫著，只有母親這麼叫他——小實。

「最近小實晚上常常哭，也不知道為什麼，坐起來就哭，我問他擔心什麼，他說擔心我死掉，我安慰他，他就要我抱著他，直到睡著也抓著我衣領，不肯放手。」

「其實我也擔心小實死掉，五歲時他在路口被車子撞到地上，撞到頭，是我放了手沒把他牽好，朋友還笑說，老大跟寶貝一樣，就是輪到生老二，父母鬆懈了，才會出這種事。小實似乎沒有五歲之前的回憶，應該跟這個車禍有關。」

「那天阿岳打電話來，說要和好，說不再喝酒了，要我回家，我心軟讓小實回去，他陪著，因為小實懂得看人臉色，不惹爸爸生氣，比較不會挨打。我讓他回去，他也不求留下來。晚上洗著小實的衣服，手竟然發抖起來，三個孩子只有他人不在身邊，好擔心啊，這樣做對嗎？」

「這幾天天冷了，腳變得很痛，走路不行，令我意識到自己變老了，好多事情，遠近分不太清楚，感覺就像一眨眼。早上醒來沒看見小實，懊惱著怎麼還把他放在阿岳那裡，今天一定要去學校將他接回來照顧，過了一會兒，才想起他已經長大了，三十多歲在上海工作了。」

「我常問自己是不是一個好媽媽，同樣的問題，我從來不敢問小實……這個兒子，是老天爺送來安慰我的，他沒恨我，想到這裡，我便感激。」

一頁接著一頁，都是母親的心情。

袁實恩打電話給妹妹問：「你們都有一盒媽媽留下的紀錄嗎？」

妹妹回答：「媽這個人好偏心，這個東西就你有。」

這一生，從他出生以來，袁實恩一直努力做一個不讓母親頭痛的孩子，這是第一次，他發現自己是讓母親心痛的那一個。

袁實恩跟妹妹只差一歲，小時候，他跟妹妹睡在同一個房間，直到小學六年級，母親說兩人長大了，應該分房睡。

「跟小實說好，今天開始他跟哥哥同個房間，床也布置好了，他沒有不高興，乖乖搬了自己的東西，我才放下心來。」

「沒想到半夜，發現小實一個人睡在客廳，連衣服書包都被丟在外面，他裹著棉被，說哥哥鎖了門不讓他進去，哥哥也想要有自己一個人的房間……」

「今天去學校，導師提起跟同年紀的孩子比起來，小實的英文程度不夠，閱讀與寫作都落後，需要加強，當初為了讓他跟妹妹一起學習好有個伴，我晚了一年才讓他進兒童英文班，我耽誤了他，心裡好後悔。」

「小實啊，你是一個好孩子，希望你不要跟媽媽一樣，老是配合別人，看人臉色，但願有一天，媽媽能看到你活得更為自己一點……你的幸福也很重要，你明白這一點以後，情況就會變好，人生會越來越幸福的。」

✝

星期一，忙碌的上班日。

袁實恩一早打開電腦，收到一封公司人資的來信，「為確保公司主管的心理健康，您必須參與每年一次心理狀態評估，諮商過程為一個小時，談話內容會全程保密。」

午餐時，見袁實恩還在座位上，阿虎湊過來問：「喂，你去看心理諮商沒？」

「還沒。」

「你排什麼時候？」

「還沒排。」

「你應該要趕快去看啊，我都看完了，啊呀，我來幫你約好了。」

「急什麼？」

「欸，那個駐點諮商師超美的，我問過了喔，沒結婚沒有男朋友，趁她被別人追走前，你快去預約吧！」阿虎雙手合十，對著袁實恩鞠躬膜拜：「老兄你再

禁慾下去，恐怕不是出家就是要在行銷部原地爆炸，這樣我會怕啦……。」

✣

從上回在家中一起吃飯後，鄭安然消失在袁實恩的人生裡，已經一年三個月了。

伴隨著緩緩亮起的天空，路燈跟著熄滅，昨夜的雨停了一陣，又回心轉意似地，再度下起來。袁實恩走到浴室，坐在馬桶上，早晨的陽光從浴室的小窗爬進來，一點一點地跟著雨的溼氣，一起滲進屋子裡。

第一個月，還有期待，他會為她找理由，會試圖體諒她的難處。

接著是第三個月，他讓自己忙工作，一閒下來，他就看手機，看窗外，看看她會不會出現。

第六個月，他懷疑事情從開始，便不像他以為的那樣。

第八個月，除了懷疑她，袁實恩更多的是懷疑自己。

之後的每個月，重複以上的過程。

一路走來，安然與實恩，他們經歷了這麼多事。

有時候袁實恩想，若是鄭安然與他的這些事情，都發生在一年之內，或許他們就會在波瀾壯闊的事件重疊中，理解命運的暗示，明白兩人是注定要在一起。

可惜這些事情，分成十七年慢慢發生，篇幅不長，有時是出差的一個晚上，有時是在醫院的一段時間，他們總是活在待解決的事項中，小心翼翼地拿捏著優先順序，用周全的腦袋去斟酌辦理，當事件告一段落，就會有人提著行李箱，坐上飛機，回到各自的原點。

那些點點滴滴的雨水，停了又下，下了又停，他們見面，他們分離，誰也想不起是哪一場雨，在哪一個時間點，代表了哪種意義。

十七分之十七，並不等於一。

家中沒有其他人的身影，除了袁實恩自己。

現在只剩我一個人。他想。本來獨身一人這件事，是過去幾十年人生的背景圖案，但他今天感到一種茫然，彷彿他弄丟了一樣重要的物品，就像高度近視患者遺失眼鏡，導致他必須在看不清楚的狀況下，去摸索能讓他看得清楚的東西在哪裡。

天完全亮了，袁實恩穿著睡衣從臥房走到客廳，走到廚房，走到原先預留給鄭安然與孩子的房間和浴室，木製櫃子裡沒有任何東西，一格一格的，像傍晚沙地上沒有人玩的井字遊戲。她的身影不見了，他預想的玄關鞋架上，沒有她的鞋子，掛在晒衣竿、孩子的衣服隨風飄逸的畫面，也不知不覺地消失無蹤。他越是用力去搜尋，越是連一點她的痕跡都找不到。

袁實恩套上一件外套，推開陽臺的門，走出去看看。社區中庭有簡單的遊樂設施，兩個孩子正在追逐著。也許事情不是他想的那樣糟，也許鄭安然遇到一些需要留在臺灣辦理的瑣事，一時間處理不順利，所以耽擱了。但這個房子對他而言太大了，空盪盪的房子裡，連一枝筆掉到地上都發出刺耳的聲音。

上午，把公司重要的事務完成後，袁實恩決定下午請假，他寫了一封信表示自己身體不太舒服，老闆對這個理由什麼也沒說，只簡短回了一句，保重。傍晚，他去了一趟超市，買了一些食材。他安慰自己，說不定鄭安然正在前往上海的路上，這樣的可能性也不是完全沒有，因此他做了簡單的小菜，放進冰箱中，接著他開始打掃，從客廳、廚房、臥室到廁所，他戴著手套一邊刷洗地板，整理衣物，一邊檢討自己是不是在某個時間點說錯了什麼話，或是哪個環節他提出了不合適的要求。

他想來想去，是她的家人出了什麼事？如果是，她為什麼不說？她是不是跟前夫復合了？他不該問她是不是要一起住，或許他操之過急？還是在鄭安然心中，他只是一個點頭之交？

再做出更多假設，已經沒有任何意義。

什麼也沒發生，又好像什麼都發生了。鄭安然回臺灣後，他們依舊會通訊談話，只是某個曾經打開的東西，又封閉起來，變得密不透風，連原先開關在哪裡都找不到。

✛

心理諮商室設立在辦公室的最角落，冷氣很強。

「關於工作的事，還有其他的部分想要談談嗎？」

「……沒有了。」

「下班之後，你都做些什麼事？」

「沒什麼特別的事情。」

「你的興趣是什麼?」

「可能就是工作吧。」

「起床後,就一路工作到睡著嗎?」

「有時候就算睡著,工作還可以繼續做呢。」

諮商師看著袁實恩,露出淺淺的、不算是笑容的表情。

「這樣的情形,你想要改善嗎?」

「有什麼需要改善的?大家都一樣啊。」袁實恩聳聳肩又搖搖頭,「在這家公司,不這樣工作個十年,我也沒辦法坐在妳面前,接受免費的主管諮商吧,哈,哈哈。」

「好吧。」諮商師點點頭,「我明白了。」

諮商師低下頭,寫了幾行字,接著再次發問。

「可以聊聊與你關係密切的家人,朋友或是夥伴嗎?」

「這個問題是問我有沒有老婆嗎？」

「類似老婆這樣，但不限於婚姻關係的、情感支持對象。」

「沒有。」

「曾經有過嗎？」

袁實恩抬起頭，看了一眼牆上的時鐘，諮商師直直地看著他，等待答案。

「如果你不想談這些，我們也可以談談別的。」

「曾經有過。」袁實恩回答。

「現在呢？」

「現在沒有了。」

「關於這個，你想多談一些嗎？」

「⋯⋯她不在了。」關於鄭安然，袁實恩覺得多說一個字，都很艱難。

「發生了什麼事？」

袁實恩聳聳肩，沒說話。

「不告而別？」

袁實恩用細小的幅度，點點頭。

「你認為自己跟對方，是長期親密的關係嗎？」

袁實恩咬著下唇，冷氣口對著他的方向，冷風是透明的，他吸了下鼻子。

「我不知道，我們⋯⋯像是活在一個假象裡。」

「你的意思是，關係一下很好，一下很壞，這樣嗎？其實這在兩人關係中，這是很常見的情形。」

「我們，比較接近，一下很真，一下很假⋯⋯。」

就算是刻骨銘心，也可能是個假象。

上次見到鄭安然，就是一起去看房的日子，那天傍晚風很大，樓與樓之間，吹得小寶都站不直，袁實恩沉浸在從未有過的幸福感受中，笑得傻傻的，鄭安然突然說：「你看那些樹，就算長得那麼高，感覺還是很脆弱。」

他不知道要說什麼，便將小寶一把抱起。

誰能保證安穩的日子可以不脆弱？

他們過了一段很好的日子，祕密而甜美的日子，就像森林的深處，有間糖果做的小房屋。當時的袁實恩還不知道，不久後，他還是得放安然走。

像一臺除溼機，把眼淚收起來，放到下層的格子去，那個小格子關起來，關得緊緊的，滴水不漏。

「希望她回到你身邊嗎？」諮商師問。

「什麼？」

「你希望之前的那段關係，可以恢復成原來的樣子嗎？」

其實袁實恩想過的，各種方案，各種組合，沒有她，沒有他們，對誰的人生都比較順利，他真的想過的，他沒有那麼天真。

「這不由我來決定吧。」袁實恩看著自己的鞋面，他覺得這個問題建築在空氣中。

「如果你願意的話，」諮商師悠悠地說：「所有關於你的人際關係，都能由你決定。」

決定人際關係，我願意。聽起來好像某本心靈勵志暢銷書的書名。

袁實恩開始咳嗽，諮商師提出粗糙如石礫的建議，讓他體悟到前所未有的現實，自己的寂寞從未如此明顯，令人窒息。他想，該不會，這一切跟我以為的，從頭到尾都是不一樣的？

我是不是發明了一個巨大的謊言，欺騙自己可以擁有幸福快樂的人生？

「時間差不多了吧？嗯？我的心理健康還可以吧？」

把小格子關起來，關得緊緊的。今天到此為止，袁實恩不再回答問題，他站起來，不理會諮商師投射過來的眼光，把椅子靠好，抱著電腦走出去。

「怎麼樣？美不美？一見鍾情沒？」阿虎傳來訊息問。

袁實恩看著手機訊息，發現自己想不起諮商師的臉。

在諮商室隔壁的會議室等待開會時，電話響了，老闆因為上個會議延遲，請袁實恩等待三十分鐘。但辦公室的隔音並不好，十五分鐘後，袁實恩聽見諮商師

與另一位同事的聲音。

同事說：「我今天在會議中沒有發言，明明有話卻不敢說出來，我真的好討厭自己是這麼軟弱的人，為什麼我這麼沒用呢⋯⋯。」

諮商師以同樣的語氣，問了同樣的問題：「這樣的情形，你想要改善嗎？」

✛

我是不是發明了一個巨大的謊言，欺騙自己可以擁有幸福快樂的人生？

那個念頭跑出來後，就占據了袁實恩的思考，令他神志不清，記憶混亂。

回到家，袁實恩打開電腦，看見一個月前，張向誠標註了鄭安然，那張照片，是在一座陌生的公園裡，燦爛的陽光下，一座灰色的溜滑梯的前面，有張向誠，有他們兩人的孩子，父子緊緊抱在一起，下一張照片，是鄭安然坐在鞦韆上，小寶正在後方吹著泡泡。

袁實恩的腦子出現了雜音，滋滋滋地發出低頻的聲響，他懷疑，關於鄭安然的一切，從一開始都是幻覺，是他編造出來一個故事，為了解決他寂寞人生的情節——

那個穿著白洋裝，從更衣室跌出來的女孩，在花蓮的夜晚，他們騎著同一臺機車，坐在河堤上喝的飲料，北京飯店外枯黃的樹葉，當他說著孩提回憶時，鄭安然的笑容。

即使是單身，他們沒有在一起，連分開的時候，日子也是無聲無息。鄭安然在臺灣的婚禮，袁實恩沒有出席。鄭安然懷孕的消息，袁實恩也是從同事的口中得知。

他們莫名其妙地，在香港一起生了個孩子？然後呢？後面陸續發生的事情，有多少證據？

醫院大廳的地板上，沾滿大量流出的血漬，小兒加護病房外，因害怕而流下的眼淚，幾年過後，張向誠真的牽著孩子來公司樓下與他對質了？鄭安然曾經在廚房做飯給他吃嗎？

從廚房傳來的，那切水果規律的刀起刀落，發出咚咚咚，咚咚咚的聲音，漸近又漸遠。袁實恩的後頸燙得不可思議，一股熱氣從背後竄出，一直竄到他顫抖的手指，回憶是不可靠的，不能細看檢查，所有鄭安然來過的證明，客觀上不存在，只留在他一個人的腦袋裡。他不停翻找著社群平臺上的照片，一張又一張，一年又一年，鄭安然過去的人生中，他算得上誰？他人在哪裡？

天色暗了，熱氣消散後，袁實恩開始頭痛欲裂，四肢寒冷，他口中含著體溫計，三十八度半，新冠肺炎自行篩檢陰性。

突然，袁實恩彷彿想到了什麼，他拖起不舒服的身體，在客廳裡，瘋狂地徒手撕開一個又一個的紙箱。一張照片都沒有，他跟鄭安然，他與安然的孩子，一張可以拿出來證實的照片都沒有，這個嶄新閃亮的房子裡，裝著舊物的箱子中，鄭安然曾經寫過一張紙條嗎？小寶畫過一張圖嗎？母子二人有留下任何一隻襪子嗎？為什麼他找不到那本數學課本？鄭安然在上面寫的算式在哪裡？會不會那個白洋裝的女孩，只是在流星劃過時他許下的一個心願，終究不是真實的人生？

家中所有的東西，只是整齊排列疊放在一起，客廳中的馬克杯，一共有六個，三個灰色，三個黑色。衣櫥裡上排是白色的襯衫，下排是藍色的褲子。

這裡除了自己沒有別人。

袁實恩感到一陣前所未有的恐慌，他發現最大的問題是，他愛上了一個沒有任何實證的，虛構而空心的故事。他以為鄭安然某年某月從他的身邊消失了，那是他的劇本。

也有極大的可能，是鄭安然從來沒有以他希望的方式出現過。

✝

睜開眼，閉起來。

睜開眼，閉起來。

你在嗎？

誰？

是我。

別再來了。

你是不是病了？

我想吐。

快坐起來。

不要。

你怎麼了？

走開。

開門啊。

請走開。

嘴巴閉起來。

眼睛閉起來。

閉起來。

「小實啊，你是一個好孩子，你的幸福也很重要……。」

幾天後，袁實恩從床上醒過來，究竟昏睡了多久，他並不清楚。但醒過來後，他明確地認知到，這麼多年過去，自己不能比現在更清醒了，他再也無法回到那個幸福且光明的人生，因為那不過是持續了多年的幻影。

幻影。

天色黑得像墨，體溫四十度，袁實恩感到一陣天旋地轉。他有預感，這次的黑暗，會持續很長一段時間。

說不定是永遠。

✝

秋天過去，冬天就快來了，解封後的上海變化不大，落葉一片一片地離開，枝頭光禿禿的樹木看起來就像脆弱易折的、難民小孩的骨架子。

「好啦，這是最後一箱。」阿虎把用封箱膠帶把紙箱封好，一屁股坐在包了透明塑膠膜的沙發裡，沙發凹陷時，發出一聲噗滋的聲音。

「謝謝你。」

「唉，搬回去原來的套房也好，這間房子大歸大，但是有穿堂煞，可能是這樣，你才病的。」

「可能是。」袁實恩雙手交叉抱在胸前，看著屋外的夕陽，他瘦了很多，白色的襯衫顯得寬鬆，「這幾年，這個房子，好不真實，像在做夢。」

「是美夢嗎？」

「可能是太美的夢，才能做了這麼久。」

「哇，你詩人啊？」阿虎用試圖用腳踢了一下在一旁站著的袁實恩，被他躲開了。

「疫情期間就是這樣啦，迷迷糊糊的。」沙發上的阿虎由坐變躺，他把手枕在頭下，淡淡地說：「不過我以前也有過日子像做夢的感覺，一個人掉到美好的幻想，卡在裡面，類似那樣的狀況。」

「是嗎？」

「哈，十幾歲時，放假跟姊姊一起看言情小說，看了有沒有兩百本，我幻想自己是總裁，有清純的美女搶著愛我，我姊更誇張，那時還用自己的名字當女主角寫小說呢，不知不覺就這樣長大囉。」

「我都四十歲了。」

「我都要五十啦。」阿虎站到窗邊，拍拍袁實恩的肩膀，「過去的事情就過去吧，男人嘛，明天又是一條好漢。」

窗外的路燈一整排瞬間亮了起來。

「好啦，我們這兩條好漢晚上吃什麼？我去買。」

「吃什麼都好。」

「不如把阿丹也叫來，今晚是最後一晚，我請客，請大家吃名店烤鴨。」阿虎拿起外套，搖搖擺擺地走出門。

✦

當作最後一次，袁實恩在屋內慢慢地行走，櫃子上擺著十多個使用過的快篩試劑，他像孩子抓糖果那般，一把握起，丟進垃圾袋中。

他還是經常想起她。

那麼多年過去，一切都還是如昨日一般栩栩如生。安然與實恩，實恩與安然，他們的共同點，是在同一年出生，又在同一年，甄選進了同一家公司。雖然分隔兩地，但因為種種原因，他們每年會見上幾面。他們並不朝夕相處，可是總有認識很久的感受。

迎新會上，鄭安然的白洋裝。雪梨動物園，他們像兩黨政治人物，在辯論會開始前那樣，一左一右地站立，與無尾熊合照。他們的感情觀不同，對袁實恩來說，愛情是醞釀，對鄭安然來說，是執行。在墜入情網之前，袁實恩需要架設一個安全網，他習慣反覆檢查。而鄭安然只有在出錯的時候，才走向他。

鄭安然第一次說起自己離婚的事，她帶著防衛的笑容說：「我要自立自強，從頭開始。」

九份紀念品店的門外，鄭安然向袁實恩開口：「我不想再猜你對我是真是假，是多是少，我也不想要再期待你何時會來，傷心你何時要走。」

當時袁實恩很驚訝，他沒想過鄭安然會說出這些，他想對她說，我們別再分開了。但袁實恩保持沉默，他想著自己得找一個合適的時機說，他對她的感情是平靜而深邃的，像是一座霧氣濃重的森林，在幸福快樂之前，他想要等，等房子造好，等時機恰巧。只是等到後來，竟變成一個語焉不詳的結局。

世上的遺憾，看多了也就習慣了。十七年的累積，從二十四歲到四十歲的兩個人，在人生競賽裡的他們，認識了很久，有過無數的機會，微笑，問候，打開簡報，喝一杯水，接在會議後面，禮貌的一頓飯。

或許鄭安然不知道，在有限的人生裡，袁實恩已經決定愛著她一路到終點，他也掙扎過，做了一些背道而馳的事，但每天早上醒來，又走回原點，早起想她的日子變成一種習慣，她知不知情，能不能回報，漸漸也變得不那麼重要。

有個兒童心理學家提出理論，叫做蘭花與蒲公英。有些人，就如同蘭花，對外在刺激的反應非常劇烈，好的時候非常好，差的時候非常差；另外一些人是蒲公英，即使四周環境不良，他們依舊能夠活下去。

袁實恩與鄭安然的愛情沒有成功，或許跟十多年的商業場域養成有關。他們各自攀爬，也各自都想了很多——他們的開頭是人生勝利組，公司的重點培訓人才，私下的人生選擇，無可避免地變得聰明世故，除了對方，兩人都還想要條件具備，贏者可以全拿。在所有設定都以他們會幸福快樂的前提下，他們當了很久的朋友。

鄭安然是極度敏感的蘭花，袁實恩是堅強存活的蒲公英。有時候是反過來的。

袁實恩想起，與鄭安然一同看這個房子的那一天，鄭安然問：「能不能讓我們待在這裡一陣子呢？」

當然可以，房仲同意，他說：「我去買包菸，你們慢慢看，看好了再打電話給我吧。」

他們盤腿坐在空無一物的客廳地板上。

鄭安然抬起頭望了望天花板，她說：「或許將來，我們可以在這個房子一起變老。除非⋯⋯。」

袁實恩說：「除非我得了癌症，我不想妳照顧我。」

她笑了，笑得非常激動，連肩膀都在抖。

他問：「妳笑什麼？」

鄭安然笑得連眼眶都是淚，她說：「我原本想說，我們可以在一起，除非郭富城決定要娶我。」

他也笑了。

袁實恩點點頭附和：「我們可以在一起，除非郭富城要娶妳。這個設定比較好，對我比較有利。」

鄭安然站起來，走到廚房流理臺，又坐回客廳的地板。

她用微小的聲音，對著袁實恩說：「你也不要覺得郭富城完全不可能喔。」

袁實恩回：「我也不想得癌症的。」

她把頭靠在他的肩膀上，然後閉上眼睛。

✛

雜亂的思緒一層疊著一層，突然，袁實恩聽見電鈴聲。

「袁先生，您有訪客。」一樓的保全人員說。

「請讓他上來。」

把燈打亮，繞過紙箱，打開門。袁實恩告訴自己，人生即將從傷感階段邁入烤鴨階段。

電梯到達十七樓，銀色的門緩緩打開，預想中的名店烤鴨沒來。

愛情需要一個不顧一切的男人，跟一個沒想清楚的女人，有的時候是反過來的。

站在門外的是她。

這麼多年過去，她依然喜歡白色的洋裝。

鏡小說

064

安然與實恩

作　　者：葉　揚　　　　整合行銷：黃鐘獻
責任編輯：孫中文、劉子菁　副總編輯：陳信宏、林毓瑜
協力編輯：林　芝　　　　總 編 輯：董成瑜
責任企劃：藍偉貞、劉凱瑛　發 行 人：裴　偉

- -

封面設計：FE 設計
內頁排版：宸遠彩藝工作室

- -

出　　版：鏡文學股份有限公司
　　　　　114066 臺北市內湖區堤頂大道一段 365 號 7 樓
電　　話：02-6633-3500
傳　　真：02-6633-3544
讀者服務信箱：MF.Publication@mirrorfiction.com

- -

總 經 銷：大和書報圖書股份有限公司
　　　　　248020 新北市新莊區五工五路 2 號
電　　話：02-8990-2588
傳　　真：02-2299-7900

- -

印　　刷：漾格科技股份有限公司
出版日期：2023 年 1 月　初版一刷
Ｉ Ｓ Ｂ Ｎ：978-626-7229-05-7
定　　價：420 元

國家圖書館出版品預行編目 (CIP) 資料

安然與實恩/葉揚著. -- 初版. -- 臺北市：
鏡文學股份有限公司, 2023.01
　面；14.8×21 公分 . -- (鏡小說；64)
ISBN 978-626-7229-05-7(平裝)

863.57　　　　　　　　　　111019763